たかむら こうたろう

[日]高村光太郎 —— 著

王林 —— 译

山居四季

文化发展出版社
Cultural Development Press

图书在版编目（CIP）数据

山居四季 /（日）高村光太郎著；王林译 . — 北京：文化发展出版社，2018.5
ISBN 978-7-5142-2286-9

Ⅰ . ①山… Ⅱ . ①高… ②王… Ⅲ . ①随笔—作品集—日本—现代 Ⅳ . ① I313.65

中国版本图书馆 CIP 数据核字（2018）第 099793 号

山居四季

（日）高村光太郎 著　王林 译

出 版 人：武　赫	
责任编辑：肖贵平	责任校对：岳智勇
责任印刷：杨　骏	排版设计：白红梅

出版发行：文化发展出版社（北京市翠微路2号　邮编：100036）
网　　址：www.WenhuaFazhan.com
经　　销：各地新华书店
印　　刷：北京亚通印刷有限责任公司
开　　本：787mm×1092mm　1/32
字　　数：60千字
印　　张：4
印　　次：2018年8月第1版　2018年8月第1次印刷
定　　价：48.00元
ＩＳＢＮ：978-7-5142-2286-9
◆ 如发现任何质量问题请与我社发行部联系。发行部电话：010-88275710

目 录

山之春 _01

初春之山花 _13

        花卷温泉 _16

        垦荒之事 _28

山之人 _34

七月一日 _50

        夏食之事 _53

        山之秋 _61

陆奥之音信 _82

不识寂寞之孤独 _93

        山之雪 _99

        十二月十五日 _110

过新年 _115

难融之雪 _121

时节之严苛 _123

山之春

　　就此地实际而言，山野之春在三月初始也还难寻其踪迹。到了春分左右，小屋附近依旧堆积着深厚的积雪。直到初夏五月之时，此地积雪才真正融化。在此之前，整个山头覆盖着酷寒冰刃的空气，一旦五月来临，冷空气便骤然转北而去。时节至此，白昼的日光于山间大地，疾速行动起来，于是，地面开始骤然升温，苏醒之后的大地和日渐欢腾的阳光，皆你争我抢，显露出山间的盎然春意。此后一刹那间便已至夏。东北之地的春日仓促而至，苹果花、梅花、梨花和樱花等新春使者，遵序排队，争先恐后地绚丽绽放，此种场景着实让人惊讶，仿如童话剧中的华美舞台。如此美景也是四五月份特有的拿手好戏。毕竟三月之时，灿烂花儿——自然的精灵们——皆还在树上新芽中昏睡。然而，尽管如此，市面上所有在三月出刊的杂志，却已拿初春作为主体，展开了热烈的讨论。事实也的确如此，想来历年此时，在上野公园中，樱花已迎春盛开。日本的陆地形态呈南北方向延伸，狭长地形使其所跨纬度宽泛，因此，南方和北方在气候上差别很大。许多人既感到此种景致奇特怪异，但同时又能察觉出它的新奇。寒冷的极北之地，除了雪车依旧在不知疲惫地铲雪清道；温暖的南部山间，娇娆的桃花已于林中悠悠然盛放。此两种极致景象，互不干扰的同时存在于一方国土之上。

诚然，各季的来临由于异时异地便不尽统一，或早或迟也实属常理。然而，在各季之中，物候皆会严谨恪守其自身规律，亦不会出现随心所欲的情形。时常当气候日渐回暖之时，屋顶之上忽然间无声无息便挂上了些许冰柱。此类冰柱往往是极寒之日里也不曾有的，只在初春时齐齐涌现，并且体积还不小。此刻的冰柱并非酷寒的象征,相反,乃是意味着气候回暖。即使冰柱在视觉上依然让人内心冒出丝丝寒气,然而,每当山中的居民们瞧见它们时,便油然慨叹道:"哦,春日已悄然而至了啊!"

每逢冰柱现身之时,那深覆于水田之上的积雪便也开始溃裂出缝隙,残雪顺延田埂逐渐消融而去。当积雪分层裂开之后,便会化身为一条狭长的雪谷走道。深层的雪日渐化开之后,南方向阳之处的草便冒出翠绿的尖头来。忍冬花也不甘落后,它们紧追着阳光那欢愉的步伐,迅速地从根部长出绿茎。不同于别处,当地人们将这种忍冬花称为"八葵"。但凡于雪地之上,无意之间察觉到了两三株冒头而出的八葵时,我便能体会到心中切实的愉悦感。纵然此种感受历年有之,于我而言,那满足欣喜之情依旧长存心底,难以忘却。八葵这种植物含有丰富的维生素 B 和维生素 C。每当它们繁茂生长之时,我总要急急地摘下一些,将其棕色的花苞剥下,继而便能见到内里的青嫩新芽。润泽且透着清新之气的圆形嫩芽，凝聚着山野间的精粹之气，彰显着强大的生命力。等到用晚餐之时，将柔嫩的八葵放于地炉中的金属丝网上略微一烤，然后将味噌刷上些许，再将清醋和香油滴上两滴，便可以细细品尝这微苦之味了，在潜意识里，仿若自己已吞下了在整个冬季中欠下的维生素。偶尔，不经意地采多了些，短时间内吃不完，便学着母亲在东京时的做法，将它们制作成佃煮[1]，储存起来，以备后用。听母亲提及，这种食物还能用作化痰止咳的药物，父亲曾经便总这样食用。

八葵亦分雌雄，可通过花蕊的形状做出粗略判断。暮春之时，雌株八葵长势高大颀长，它的花籽似蒲公英般覆有绒毛，清风拂过四野，数不胜数的花籽似漫天飞雪于青空飘舞，煞是好看。

每到食用八葵的日子，山林中的赤杨木

---

[1] 佃煮：日本酱菜的一种，将肉类、贝类和蔬菜一锅烹煮，成片可以贮存很长时间。

便缀满了金线花。山林中人将此种树称为"八束",然而,事实上,这种树姿态婀娜,生得纤细娇柔,甚是美丽。通常,纤枝尾端缀满繁密的如金丝般的花朵,向下低垂,便以传播花粉。八葵的雌花形似小小草袋,花谢而结果。当地人常将其熬煮成汁,用来为木雕上色。时节至此,气温亦回升,土地表层的积雪已融为薄薄一层,山林小径亦可通行无阻,周遭的景致也逐渐显露出初春生机盎然的况味。田埂之上的千叶萱生出大量萌芽,将这些嫩芽摘下,用油略微清炒,然后蘸着糖醋酱一并食用,清香滋味于唇齿萦绕,美妙万分。山中之人常将千叶萱称为"郭公",当地有句俗语:"郭公一冒头,郭公鸟便来临。"郭公鸟到来之时便到了插秧之时,然而事实上,情况并非如此。此刻,临水的山崖上会漫长出"猩猩袴",那是野草的一种,花朵红紫斑驳,煞是美丽。猪芽花因其绚丽的紫色也甚是可爱。花朵被厚草叶遮掩着似捉迷藏，一草之下便得一花，在山谷中成片怒放，热闹非常，人行至此，时常会觉得无处下脚，那花开遍地的景象，蔚为壮观。为人熟知的片栗粉，便是以猪芽花的根茎为原料的，然而，因其根茎的挖掘过程极为烦琐，制作过程也极花心力，因而，白玉粉成了当下更适用的选择。

可作药用的黄连花也绽放开来，蜡梅也零星冒出嫩黄花朵。黄连和蜡梅盛开之时，紫萁和蕨菜也都齐齐长出，一派繁荣。紫萁开花略早，花朵的形状似戴了顶白丝帽般，悠然地在山南接二连三，茁壮萌出。干紫萁具有极高的价值，不过，晾晒过程繁杂。倘若不在深山中晾晒，它便极易被晒得纤细如丝。蕨菜作为山间野草，向来是毫无顾忌地满地生长，迅猛得令人摘不过来。新摘的蕨菜需要灼烧其根部，要不便极易硬化。通常，它们会被成束捆扎，之后被放入温水中浸泡，一夜之后，其苦涩之味便能消失。在浸泡之后，将其取出，反复冲洗，用冷水煮沸后再自然放凉，接着把它们浸于盐水之中，压在镇石下面，免得它们漂上来。最后一道工序便是将其再次浸泡于盐水，进行腌制。从夏至秋，正月一过，便能吃到青翠且清脆的盐渍蕨菜了，是地道的美味。每逢蕨菜茂盛之际，山林之中极易发生火灾，很是危险，关于此事，我将于别处详述。

此后不多时，山林之中便有了蜉蝣与春霞的身影。清秋暮色四起，青烟薄雾环抱山林，朦朦胧胧的奇景，动人心魄，此景被人们称为"八合之苍"。与清秋时的晚霞相比，暖春晚霞更为绚丽，好似一片蓝绿在山中浮游。远山依旧笼罩于苍茫之中。然而，近处低矮的山丘之上，便只是地面上还留有些许薄雪。被酷寒折磨得秃了头的杉树和松树，给远山覆上了一层深褐色。极目远眺，群山之影层叠缥缈，春霞美如大和绘[1]中的神奇画卷，沿着山麓逐渐晕开。莫名的，我忽然觉得，群山在此刻看起来就像是搁在怀纸[2]上的热气腾腾的新烤出来的面包。独坐于旷野枯树之下，我怔怔地望着这番绝美之景，琢磨着"这么大一块面包，看上去很美味呢"。

春日初到之时，村庄大批黄莺光顾，在各户人家院中，大胆鸣叫。孟夏至季秋，它们便钻进山林中去。此后，无论何地，无论是在山中，抑或是在别处，随时随地皆能听闻此鸟的叫声，那高亢的歌喉中透出的美感，是令人敬畏的。特别是黄莺，在飞越山谷时的鸣唱尤为动听，曲调尤为悦耳。春季山林间的鸟儿，仿若动物园中的鸟儿那般，总让人略感害怕。

---

[1] 大和绘：公元十世纪左右，产生自日本的民间绘画。
[2] 怀纸：折成两折，放入和服怀中，随身携带的和纸。

同样令人困惑的是，好像晨光总会影响到山鸟飞出的频率。山中鸟类繁杂，诸如黄鹡鸰、黑背鹡鸰、知更鸟、琉璃鸟、灰雀、山雀、野鸽、云雀等，数不胜数。时常能在道旁见到黄道眉，一般从清晨初始，便随时能听闻它们不知疲倦的鸣叫，絮叨着"见字如面"[1]。

春回大地，无论是堇菜还是蒲公英，抑或是笔头菜和蓟菜，都长得遍地皆是，如若在那小径上走一走，便难免会踩踏到堇菜那精致的小花。通常，在它们之中还能见到一种当地人称之为"布叶"的野草，其学名是"轮叶沙参"，口感独特，深受人们喜爱。于成株的布叶上采摘其嫩叶，煮熟，拌入胡麻及核桃，便能得到香味诱人且爽口的小食。倘若在采摘过程中，茎或叶断掉，在断开处便流出白色的乳液，所以说，此种植物亦被称为"乳草"。

---

[1] 黄道眉的鸣叫之声恰是日语"一筆啟上仕候"的发音，大意为"敬启"，是男士在书写信件时常用的开篇之词。

于河岸边，生长着乌头和水芭蕉一类的有毒植物，它们看起来青嫩翠绿，挑逗着人们的食欲，然而却是毒草，采摘的时候必须分外谨慎。曾听闻，植物学家白井光太郎博士便是在研制乌头毒素的时候，不幸离世。他在研制时已极为谨慎了，只是一点点的疏忽，便让他中了毒。因此，在我看来，千万莫要与那法国国王似的，沉迷于毒蘑菇的绚丽外表，最终为其所害。

当我一字一句撰写着此文之时，四季的轮转丝毫不曾减缓，仍旧昼夜不息地全速前行远去。有时，于山中小径上偶遇村中年轻人，无论男女，皆面色红润，气色良好，像是刚刚睡了好觉。他们身上的毛衣乃为手工织成，看起来轻便舒适。此时的大地，极目远眺时，那漫山遍野已被繁花覆盖，杨柳科植物和壳斗科植物的花朵争相斗艳，其间有许多花朵形状新奇，惹人注目，他们的开放会不会暗含着各自内心所想？如此一思索，便觉自己的想法甚是有趣。还有那山梨树、辛夷树和忍冬花这几种植物，也都开着白花，然而，这种白却又不尽相同，而各有特色。旷野之上遍地开着浅淡的红色竺梨花，好似一条绯红的地毯铺在青空之下。这种花卉极可能是从水晶花演变而来的。映山红即将抽出嫩芽，要不了多久，山樱也将盛放枝头。恍惚间，时光飞逝着，从山腰至山顶皆被鲜花覆盖，整座山呈现出一派粉红的气象。此时时节已至三月春分。小学校园里的染井吉野樱，呈现出一副镇定自若的姿态，悠然随性，花朵直到春分后两三日才渐次盛开。苹果树和梨树也早已被繁花缀满，一番青白交替的景致。沿着北上川往南，在东北本线[1]上，游客皆可望见窗外的苹果花，一片皓白，美不胜收，仿若梦境。

---

[1] 北本线：始发于东京站，终点站是岩手县盛冈市。

某年复活节时,我身在意大利,暂住于一间老屋。彼时,推开带有彩绘的玻璃窗,放眼望去,犹见梨花正盛放,白茫茫一片。就算是暗夜之中,那片白依然炫目。"如若追思帕多瓦,陈年旧事跃心间,眼中唯见白梨花。"我拿起桌上的铃铛轻摇起来,逐渐沉醉于旨酒之中,而后静静写下如此俳句。那座古城的文化,令我深感厚重,那番感受,想必终会在某天重现于山间吧。不管怎么说,是时候关注二十世纪后半叶的核心文化了。到了那个时候,此地便也会日渐发展起来,并拥有与其自身相契合的文化特质了。

初春之山花

和昔年相比,今年雪化得较早,忽然之间,就到了春天。以往那些年,三月春分时节,积雪依然深重,有时候还会下点雪,又覆上一层,俨然是冬景模样。而今年此时,屋顶已没了积雪,旱地里也黑色斑驳。因为化雪的缘故,屋前水田满溢,不多久,便能听取蛙声一片,清脆动听。

水岸边的雪最先消融,忍冬花的茎最早长出。我在日记里写道,去年3月6日那天,三枝花茎映入我眼帘,令我欢喜不已;而今年,我在2月25日那天,便采得了第一枝花茎,还在3月9日佃煮了十几枝。村民们将忍冬花的茎称为"八葵",他们认为"若见到了八葵,就代表自上年 12 月以来的绵长冬蛰可以宣告结束了"。八葵有清苦之味，似乎象征着它那倔强的生命力。实际上，忍冬花的茎，即是花骨朵。花苞将圆形花蕊拥在怀里，看起来很是雅致，它们忽然从杂草间窜出了头，那模样甚是惹人爱。

在八葵萌芽之前，赤杨木的花已经垂落，宛如金丝线一般。这种花盛放得很早，前一天尚还不见踪影，翌日一早，便忽然出现在了枯树枝头，低垂的金丝线已长约两寸。对此，我总觉得很不可思议。

今年，在小屋门前的石头下面，我看见了黄连的身影。尽管尚未长出叶片，不过，我很肯定，它们是菊花黄连。浅粉花茎，破土而出，长约二点五寸，携着三枚小白花，花儿分作五瓣，可人得很。黄色花蕊的是雄花，数量颇多，只是，这菊花黄连的雌花和雄花是分开的，花粉若想要找到另一半,只能与风相携,自身不知归处。自然之意,实难揣摩。

银柳的花怕是也要开了吧,高大的辛夷树很快也会覆上雪白花朵。此时此刻,春意初来乍到,山间清新满溢。

初春之山花

花卷温泉

　　花卷市是个岔路口一样的存在，东来西往的电车从中川流而过，仿若宫泽贤治先生诗歌中的场景，如梦呓般惹人怜爱。向东延伸的是花卷线，沿途会经过花卷温泉，还有台温泉；向西延伸的是铅温泉线，可以去到志户平温泉、大泽温泉、铅温泉等各大温泉，而后抵达西铅温泉，那里便是终点。

　　无论是向东还是向西，沿路的温泉被大家统一称作"花卷温泉"。如今，初来乍到的游人们来到花卷站后，便会驾驶着高档轿车，前往各自想要去的温泉，一转眼就不见了。到花卷市的车程在三十分钟左右，到铅温泉的车程则要一个钟头左右。一路上有很多电车线路，颇为方便，能够让游人们尽情享受这里的风情。

铅温泉线的首站是志户平温泉，那里的温泉泳池很有名。如今，有很多奥运游泳运动员在那儿集训。在那儿，就算是大雪纷飞的天气也可以下水游泳，所以，很多杂志都会把它放在卷首。

接下来的一站是大泽温泉，那里有温泉酒店，建在丰泽川的两端。和志户平相比，那儿的景致更胜一筹，大部分民众都很质朴，温泉质量非常不错。就我个人而言，会时不时地到那个美丽的地方住几日。

从花卷站坐电车向西去，六十分钟左右之后便能来到这条线路的第四站——铅温泉。它藏于山间，海拔比较高，但大可不必担心雪天的影响，因为现在已经配备了铲雪车。之前的时候，我去那会儿，如果遇上雪天，电车便会停运，很不方便。

铅温泉历史久远，素来有"名汤"之佳誉。那里有座独栋大楼，内里有个能容纳很多人的硕大浴池。从稍微高一点的位置，俯瞰下去，便能看到泡温泉的人有序地排列着，犹如正在被风干的萝卜，场面着实令人震撼。

其他地方的温泉水基本上都是引流而得的，但铅温泉的温泉水却是直接从地底下冒出来的。泉眼周围有很多石头子，用脚触碰一下，便会看到"咕噜咕噜"的水泡往上冒。那些水泡先是贴在人身上，而后又四下散开，很有意思。听说那里的温泉水还能治病，而且效果十分显著。

旧时的传统是男女共浴，无论你是普通老百姓，还是当地女子，抑或是来自城市的宾客，都是共享一池温泉。然而，随着时间的推移，警察们开始强烈地宣导"不能不分男女"，于是，温泉池中便设置了隔断。当然那只是形式罢了，泡温泉的情趣丝毫未减。

男人们和女人们起先会分开进入温泉池，不过，当地的女孩们比男人们胆子还要大，一开始泡温泉便会大声歌唱起来，于是，男人们也开始跟着唱起歌，最后成了男女对唱。一边在唱，另一边在迎合曲调，两边"咚咚咚"地敲击着隔断木板，嬉戏玩乐，欢愉至极。

令我震惊的是，在这深山之中竟然能修建出如此壮观的酒店，而且还是钢筋混凝土结构。

我私下里有个习惯，去山间温泉泡澡时，尤其是去到高海拔地区的温泉屋时，我定会带上绳索。如此一来，若是遭遇火灾，随身携带的绳索则变成了救命稻草。

距离铅温泉大概一里路左右之处，是这条线路的最终站——西铅温泉。那里的温泉都是天然的，从河里冒出来。那儿还有栋重新整修过的别墅，没什么名气，却是那里唯一的温泉酒店。或许是因为重新整修过，那儿的房费很实惠。

在患上肺炎后，我去那儿修养过十几天时间。那栋别墅看起来大概建于明治早期，它的设计者一定是位能工巧匠。这座建筑在结构上堪称精妙绝伦，我甚至认为它应该入选文化遗产名录。一根用作房梁的栗木横躺在浴室门前，被楔子撑着，如此大的木材，任谁看来都会吃惊不已。虽然现在已经安装了推拉门，但门框上依然可以随心作画。我在上面描摹了很多素描。总的来说，来西铅温泉，只要和这座建筑打了照面，便定然不会觉得遗憾了。

往西铅温泉更深处走，有座名为"丰泽"的小村庄。尽管国道会途经此处，但这里人烟稀少，依然是荒野模样。这里的村民们质朴之至，恐怕东京人实难想象。在这里，还出了很多有名的猎熊人。尽管山中的狩猎者总被人称为"叉鬼"，然而，若是请他们帮忙，你甚至可以吃到熊的胃。不过，这里的食材很是有限，能就着一起食用的大概也就是米酒了。若是受到税收人员不经意的埋怨，狩猎者们便会恐吓勒索他们，把他们折腾得精疲力竭。曾听闻，对于税务人员来说，丰泽村就是鬼门关，事实的确如此。

秋季时节，这座村庄的蘑菇产量极高，而且品质很好，无论是滑菇、伊野菇，还是马哈菇和毛钉菇，若非身在山中，便实难一见。和"叉鬼"一样，丰泽村还出了许多有名的采菇人。这些人总能采摘到上面提及的那些品种稀有的蘑菇，而后运到小镇上售卖，其价格不菲。在他们看来，蘑菇生长地就是天机，纵然是在家人面前也绝口不提，陌生人就更不用说了。就算只是希望他们指引一下，他们也只会提及一些沿途的普通蘑菇生长地，而后对我说"就此告别"，渐行渐远。

花卷线沿途经过的温泉地区只有两个，即花卷温泉以及更东边的台温泉。

其实，花卷温泉是人造的温泉，其位于一众山峦当中，海拔不高不低。早先的时候，花卷温泉的原址是个生态公园。当时，岩手县殖产银行的总裁——宫泽贤治先生之父金田一国夫先生，和五六位友人计划在此处修座温泉，于是便建了管道，把台温泉的温泉水引流了过来。尽管看上去花卷温泉附近的酒店业竞争甚是激烈，但事实上，这些酒店都是同一个公司的置业。因此，这些酒店并不是你死我活的关系。东北地区的人们，尤其是花卷本地的人们，很是精通这样的生意经。如今，这里早已全国闻名，而且名气远超盛冈。

花卷是金田一先生的家乡，他是位杰出的实业家，拥有众多丰功伟绩，譬如，开通釜石和花卷之间的铁路线，创办制冰公司，首开渔业运输的先河，等等。毋庸置疑，花卷的每一步向前，都少不了他倾尽全力的推动。此后，全国性经济危机爆发了，正直的金田一先生不愿和大臣同流合污，在这种情况下，其公司因资金链断裂而破产。花卷地区民众的生活因此受到了巨大的影响，甚至到了无路可走的地步。金田一先生在人们的满腔怒火下，无奈地去了国外。直到他垂垂老矣，人们依然还对他怀恨在心，最终，他在东京孤单地离开了人世。不管怎样，在我看来，金田一先生为花卷倾注的一切努力，不该被遗忘。

说来很有意思，花卷温泉的修建和宫泽贤治先生本人不无关系，虽然他的身份是杰出诗人。

温泉所处之地，原本是个生态公园。宫泽贤治先生很喜欢那里，于是时常向父亲提议，买下那块地。而其父想要最大限度地追求利益，一直拖着未做决定，当他还在权衡利弊之时，修建温泉的计划出炉了。最终，这块地未能成为其父个人名下的资产。不管怎么说，宫泽贤治先生的眼光还是很好的。

宫泽贤治先生在手记中详细地记录了这座美丽温泉的建造计划。比方说，需要选择哪些花木，才能让这座温泉四季花开？那就是在道旁种植樱木，以及效仿日比谷公园栽种各类花卉。他还希望能打造一个植物园，培植标志性的树木，再喂养一些鸟类和小兽，所有的这些，都是他独创的。

如今，位于花卷温泉中央地区的樱花道

已是此处的胜景之一。此外，游泳池、动物园、植物园、网球场和高尔夫球场等设施，也是一应俱全。一切都有赖于宫泽贤治先生的倾力打造。

此前我曾提到，花卷温泉的酒店属于联合经营体，等级的划分是自然而然的。最里面的酒店叫"水云阁"，是规模最大的一家。在地势稍高之处，建有它的别馆，乃是当地等级最高的酒店，入住的不是皇家贵族，就是有钱之人。我等普通民众倒也是可以入住的，要知道，那座建筑着实恢宏得很。地势稍低之处建有红叶馆、千秋馆和繁花馆等，若是觉得水云阁修得不够灵动，那就可以在这几家酒店住下。

道路两旁还有些别墅是可以租赁使用的，别墅内自带温泉，夫妇们时常出入其间。这儿的温泉水引自台温泉，所以水温不够高。在更换了粗大的管道后，高温水已经能够成功引入了。每个别墅里都安置了三到四个浴缸，足够一家人使用。

花卷温泉的生意主要是由五六个公司里的重要职员在打理，他们不仅机智灵敏，而且还各有所长。譬如，泳池顾问就是岩手县的一个前游泳冠军。同样的模式，柔道人才和弓道人才等，也在花卷温泉有了一席之地。

不仅如此，管理者还很重视对于女仆的培训，尤其是在头脑方面。在每年年中的研习会上，女仆们会学习到当地历史，以及歌唱技巧等。请求之下，人们还可以观摩这里著名的插秧舞蹈和舞狮。

台温泉的地理位置比较偏僻，到了花卷线的终点站，还得再行进一里路左右。电车发车之时，或是到达之时，旁边总会停着巴士车。

此地虽小，温泉酒店却不少，十几间并肩而立，艺伎屋也比比皆是。这个地方的温泉泡起来十分舒适，所以我时不时便会前来。不过，令我头疼的是，三昧线的乐声总是铿锵入耳，整夜不停。相对来说，这里的服务倒是无微不至，就像在家里一样，就算是东京本地人，应该也会满意的吧。热海[1]那边盛行的风尚，这里会第一时间复制过来。纵然地处深山之间，新潮事物也总能火速传来。

我之前和草野心平先生一起到过台温泉。在那个时候，我们的房间总不得清净，时而楼下歌声嘹亮，时而对面手舞足蹈，一整晚都睡不安生。于是，我们俩干脆起来喝酒。酒店老板深知我们俩酒量不错，于是，便从账房找来一位女仆与我们斗酒，据说她总能将宾客灌倒。没过多久，桌子上已挤满了数十个空酒瓶，而我们俩酒兴正酣。若是再接着喝下去，那就不知道会有多厉害了。

美酒当前，哪怕只是小聚一番，也是一种享受。不管怎么说，花卷盛景令我们迷醉，夜宿台温泉，终日游玩欢宴。

要说去花卷温泉游玩，最好的日子莫过于秋季；入冬过后，则能体验到滑雪之趣，自有一番风情。不过，在我看来，花儿初绽放之时

---

[1] 热海：日本三大温泉之一，位于日本本州岛东南的伊豆半岛东岸，地属静冈县。

前去，才是最绝妙的选择。春夏之日游人众多，团队宾客纷沓而至，不如避开旺季好些。

馒头、小芥子娃娃和烟斗都是那儿特有的产品。还有本地烧制的瓷器，采用的都是当地的土，如碗具之类的器具，制作得都很雅致，质量也很好。要说起美食的话，那里有用山鸡、山鸟等烹饪的佳肴，以及各种神奇的蔬果。就算是酒店的餐食，也不乏诸多物超所值的美食。

此外，我对这里的人们颇具好感，他们不若别处温泉的人们那般喧闹。无论是水上，还是热海，那些地方的人个个巧舌如簧，即便是我这般伶牙俐齿之人，也难逃被灌酒一杯的命运，为此，我只能随时都小心翼翼。他们若是去车上取东西，我就得等一会儿再接着喝。而此类事件在花卷温泉是不会发生的。和这儿的人们在一起，我会觉得安然自若，他们总是不慌不忙，彼此可以畅所欲言。

花卷温泉实在是个好地方啊！

垦荒之事

对于我所做的这番小事,我不敢妄称为"垦荒",说起来有些心酸。自去年起,我在屋外开辟出了方寸之地,播种了土豆。今年,那片菜地被我扩建了一倍,还是打算用来播种土豆的。此外,我在屋外另辟了三亩田地,准备种些别的粮食作物。开垦计划,仅此而已,我不想逞能,以后也只会根据时间安排,干些力所能及的田间农事。如若是为了收成而勉强自己的话,不仅会透支体力,还会阻碍我的创作,因此,这件事情必须有"度"而为。说到透支体力,或许有人认为是件好事。在山村乡下,田间劳作意味着用尽一身气力,人们甚至会认为"体力不用完,就算不得劳作",或是"使用便利的农具,即是逃避农活"。

这些想法实在是可笑啊！我们理应在适度支配体力的基础上，去完成必要的工作。如果盲目地扩展计划、透支体力的话，最终将会觉得自己受了不明不白之苦，从而日渐绝望，甚至会想要破坏一切。诸如此类的事情并不鲜见，着实令人惋惜。我一直觉得，无论做什么事，最初的时候都必须控制在自己的能力范围内，最好再精简些工作量。

正因如此，在去年，待到雪融后，我便着手"垦荒"了。纵然不够专业，但也算是自得其乐。或许你们不会相信，这么些农活足以让我这个新手，苦不堪言。因为长年使用凿子，所以，我手掌上被磨出了茧，我自信地认为，自己应该能胜任体力劳动。然而，凿子和犁耙在人身上留下的痕迹，截然不同。只是开垦那片土豆田，便让我右手磨出了三个血泡。后来血泡破了，尽管看上去暂时没什么事，实际上皮下组织正在化脓。刚开始不过是瘙痒，没过多久，开始阵阵刺痛，令我睡不好觉，这种情况大概持续了一星期时间。然后手腕出现了大片红肿，逐渐延伸到小臂，看起来颇为骇人。我赶到花卷，请花卷医院的院长帮忙查看下，他连夜为我动了手术，去除了我右手上的脓。此后一个月，我必须天天去医院换纱布，无奈之下，只好在院长家借宿。时值五六月份，恰是垄耕播种、施肥培植的关键时节，因为无法待在家里，我的开垦计划只得暂时搁置下来。待到六月底，我重返山林之时，青豆、四季豆和土豆之类的作物都已初见雏形，只是稗子苗全被湮没在一片杂草之中了。我的右手尚无法应付农活，实在拔不完那些野蛮生长的杂草。于是，我不得不任由那些农作物在杂草丛中自生自灭，真的是惨不忍睹啊。

　　大家都知道，北上川以西的地区是不毛之地，因为那儿的土壤都是强酸性的。这件事，我早有耳闻，因此才会想到移居此处。北上川以东的地区是冲积平原，不仅地形宽阔，而且拥有肥沃的土壤，不过，听闻那里的民风不甚优良。那里的传统是，若蔬菜吃不完，便把剩余部分卖掉。如此这般，便会让人觉得那里民风不佳。我所在的地方是瘠薄之地，满足自我需求都不容易，更别说进行农产品的交易了。所以，这里的农民们向来都很实在，很勤劳，性子也很果断。其实，住在太田村山口的人们都拥有良好的性格，安分守己地过着小日子，在如今这个社会，实在难得。不过，这片土地终归还是弱酸性的。为此，碳酸钙便成为我经常使用的肥料。宫泽贤治先生还活着的时候，东北碎石公司便开始生产碳酸钙，也就是石灰一类的东西。那个时候，为了销售碳酸钙，宫泽贤治先生总是奔波于各处。现在，这款产品的效能已经被人们所熟知，在东磐井郡的长坂村一带也成立了新的生产工厂。在市场上，碳酸钙被人们简称为"碳钙"，销售得很好。通过宫泽家的关系，我帮村里弄来了一车的碳酸钙，每户人家都配给了一些。幸好有了它，村中终于培植出了菠菜，大豆和红豆等农作物也长势喜人。

去年是个干旱之年，有好些个村民家中的水井都打不出水来，萝卜田缺少灌溉，萝卜的叶子都败落了。红豆也受到了影响，歉收了。不过，我那片菜地倒不是很干旱，无论是红豆和茄子，还是芋头和西红柿，都生长得很好。红豆的收成超出了预期，茄子和西红柿也很喜人，一直在结着果子，并且持续到霜降之前。

我那片新开辟的菜地种的是土豆，还有一片旱地也种了土豆。从新菜地里收获的土豆成色更好些，味道也更好些；旱地里长出的土豆，皮质颇糙。我计划在今年要更努力一点，希望可以收获得更多。此处土地的最下层是黏土，白萝卜和胡萝卜的根是很难深入的，因此，萝卜根部要么长成了两大撮，要么长成了弯钩形，还有些甚至会直勾勾地往上蹿，只要一看到这种长相的萝卜，我都会倍感震惊。我还尝试着种植了南瓜和西瓜，但它们生长得并不太好。黄瓜倒是结得不错，每日清晨，我都会摘根黄瓜，蘸着盐，配着味噌汤一起吃，有时候还会用米糠酱腌制些黄瓜。农民们通常会准备很多腌黄瓜，然后吃上一整年。今年刚离世的水野叶舟先生曾送给我很多种子，譬如田口菜、塌棵菜、日野菜和芥菜，等等，如今它们长得都很不错。

在太田村边上，有片广袤的田野，名叫"清水野"。去年，那里迎来了一支拓荒队，足有四十户人家。那群人以那里为家，满腔热情地开拓着。就我个人而言，我期望他们是乳畜业者，能生产出乳制品和棉毛制品，若是能够传授下植物染色技巧的话，那就更好了。

山之人

  我避居山中之岁月，仔细想来已有五年两个月了。渐渐的，便也能辨别出每个人的外貌形象。随着结识之人多了起来，彼此往来自然胜于从前。

  由于我极度醉心于这山林隐逸之生活，因此，心中时常充盈着一种强烈的亲切感，无论是对此地的自然之景，抑或是对居于此地的人们。犹记得初来乍到之时，生活之中也是诸多事物不胜习惯。彼时，总会疑心自己在这里显得特立独行，那个竭尽全力想要融入进去的自我，似乎成了众人心照不宣的负累。彼时，战后不久，当初被人们称为"疏散人群"的我们，如今竟也略以为然。所谓"疏散人群"，指的是幸免于战乱，并暂时撤离到别处生活的人们。待到时机成熟，准备妥当后，便会回归所在城市。因此，初来这山林之中时，我心想，若村民们为我所建的房屋，能供我居住个两三年，便也足够了。屋内格局窄小，修建也较为随意，看起来更像是为登山之人修建的临时休息屋。建成初始之时，小屋被茅草围裹四壁，屋顶也依旧是茅草随意铺盖而成。由于实在太过简陋，而我又刚好知晓深山中有间废弃多时的矿厂工棚，于是，便暗自策划把它搬来做我新家。村民们得知此意之后，齐心协力把工棚拆开，将那柱子和房梁从一里地以外扛了过来，然后又恢复为原样。接着，大家粉饰了墙面，将杉树皮覆盖于屋顶之上，掘井于屋外，终于算是造出了一间可供人居住的小屋。毕竟，我只是个陌生的被疏散来的外人，村民们却依旧不遗余力地伸出援手，甚至还告诉我"村庄能养活你，既来之，则安之"。

　　时值处于战后不久，食物便都显得万分紧缺，就连米都极难分配到手。生活在此种落魄的年代中，我暗自焦虑，不知该如何生存。当初，一位分校老师带我来到此地，他尽心尽力地为我打点好了所有事情，为了让我不觉得忧困和无助，他总是对我格外关照。那三张榻榻米皆是他为我准备的，被褥是他借给我的，吃的东西也是他送的，他还向村民们介绍了我，他对我的照顾，可谓事无巨细。幸好有这么些必需之物，在初到此地的首个严冬，我才能安然无恙地挨过酷寒的风雪，平静地生活。兀自独坐于空寂的六坪小屋之中，将地炉点燃，任火焰跳动。此时，观望着窗棂外，雪积三尺的丽景，情不自禁地回想起日莲上人[1]的故事。他曾被流放至佐渡岛，而后被大雪埋在了塚原的一个庵室当中。

村民们得知我居于此地之后，便都格外关切忧心，时常冒寒踏雪，不辞辛劳地来看望一下。或者提米而至，或者捎来萝卜与土豆，亦或者让孩子给我拿来些许咸菜。那些腼腆的

---

[1] 日莲上人：镰仓时代的高僧，日莲宗创始人，后因批判幕府而被流放。

小孩见到我，便语速极快且低声地说："先生，给您这个。"最初之时，我恍惚不解其意。

如今，思忆起彼时自己经历的种种事迹，还有于那之后两三年间缺乏食物的艰辛时日，之所以自己能够身健体康、安然无恙地度过那段岁月，细忖思来，必因我周围被这群温情热心的底层百姓所环绕之故吧。

此村名曰"山口村"，恰如其名所释，此村地处原野之尽、高山之口。此村之后便皆是绵延不绝的山脉了。其村之北乃山体高峻的山口山，此山之中，林深树密，且枝繁叶茂；其村之西乃是蜿蜒绵亘的奥羽山脉，群山相连，不曾间断；其村之东南两面乃是辽阔无垠的田野，直绵延至邻郡。当地人将此两片荒野分别称作"清水野"和"后藤野"，一条河蜿蜒流经其间。时光倒回五年之前，此地乃荒原一片，被繁茂的芒草和杜鹃花所覆盖。那时，此村庄位于山口山之前，村中人家不足四十户，皆安宁地坐落于沿山平地。当你挨家挨户观察时，便能看见每户的屋宇都很敞亮，修建风格也大同小异。横长于十间之上，纵深于六间之上，整个框架很是坚固稳定，完全可以承担厚重的积雪。茅草屋的顶部坡度较大。由于居民皆面南而居，因此，为使朝西的屋顶可以应对狂风的侵袭，便将其修筑为"斜坡式"，朝东的屋顶则呈"人"字形。某些屋子结构突兀，从东转向北的时候，突然出现了一个圆滑的直角，拐角之处即为马厩。此种房屋，被人们戏称为"南部 L 形房"。

芭蕉有俳句云："夜宿马厩，蚊蚤虫虱，叨扰清梦，马尿湿枕。"也许，这正是他夜宿于此种山间小屋，有感而发的吧。此地之人对牛马的照料，犹如对家人的照顾一般，因此，多是与其生活在同一个屋檐之下。此地房屋无论主人是谁，人的居室绝大部分设于马厩边，此处有片区域是没有地板的，而其左侧则是铺有地板的居室入口，这个位置时常停放一个生满火的巨大地炉，家中之人平日里大多谈天说地汇聚于此处。此大屋旁侧亦有片区域未铺地板，此处便是灶台与厨房。寻此向西而去，一列房间延伸开去，花纸制作的隔墙雅致而美丽。走廊内处便是客房。走廊南侧空无一物，从院内行来，沿檐廊而行，各处皆能入屋，然而习惯上，人们通常会站在紧邻客房的檐廊边，迎接客人。客房宽阔气派，室内摆有榻榻米，佛像与壁龛则摆放于房间尽头。此室之内未放有地炉，但依然配备了火盆。如果来客多达百位，那便要拆掉那花纸隔断，促使彼此隔离的小房间贯通为宽敞的大屋子，并于此处款待宾客。依照乡村习俗，时常会在雪期未过时便进行祈福，届时会请来传统舞者跳起插秧舞。此种形式的活动亦可于大屋之内热闹地进行。打稻谷之外的农事，虽常于别处仓库，抑或是庭院去完成，但晾晒和捆扎烟草，以及生产谷制品等劳动，则依旧会于此间大屋内完成。

　　此地之人固来便以烧炭为主要劳作方式，

田间地头的农事略少参与，耕种所得仅能自给自足。近年来，就连稗子和粟米之类，似乎也成了常食之物。但在人们的膳食结构中，稗子的比例和大米旗鼓相当。四季轮转，年年此时，人们便会于水田内，不辞辛劳地劳作。待到十二月底，村里便会开展"庭拂"庆典，这代表着农忙暂歇，闲暇将至。此后时日，大家便安心入山，整个冬季便于此烧炭。烧炭之山隔年更换。当按照人头分配好任务后，大家便守着各自烧炭的窑洞，专心致志地开工了。普通炭窑产量大致在二十五至三十袋，当然，其中也不乏每次能烧出五六十袋的。烧炭需先在山中砍伐树木，接着把木料堆在窑中，点上大火烧制，如此等上大概一星期时间，木炭才算制作完成。将成品木炭装入袋中，运输时，每次运出三四袋，一天之内，需如此反复许多次，十分不易。我原本以为可借用雪橇等工具来运送，省时省力，然而，山路曲折难行，便捷的雪橇于此时也毫无用武之地。每当想到烧炭过程的艰辛复杂、工人们烧炭劳心费力，这时，心中便暗暗提醒自己用炭之时，亦要小心翼翼，以免愧对他们的劳动成果。从山中运出之炭，皆被放于"共享炭库"中，此仓库也负责监管成炭质量，随后再销往各个镇子。这种形式的烧炭，毫无疑问，已是这山村最赚钱的事情了。除此之外，人们也制作大量薪材，销售到镇上去，却由于近年来，森林遭遇滥伐，如今只能着手种植树木，将植被恢复起来。

毫无保留地讲，落户于山林之中的居民，受各种条件制约，其生活方式也极为有限。此种生活方式是不可避免的，不过，正因如此，彼此长久相处的村民之间，也有了团结互助的传统，此种反差亦令我深感有趣。恰似如下的习俗：村中历年皆会选定某户人家为其修缮或翻新茅草屋顶。当确定此年轮流到何户人家之后，全村居民便肩扛修整工具去往此户人家，竭尽全力为其修葺，不收分文。而被修缮屋顶的人家则以客相待，承担大伙儿的餐食。除此之外，村中有筑路修桥之大事，全村之人也必齐心协力，竭尽所能去完成。总之，但凡遭遇个体力所不及之事，大伙儿便勠力同心协助处理。此番种种，皆是实实在在存在于村民之间的事。

山中之人对日常生活大都极富自信，此地居民中大部分亦是真正的信徒。一起供奉见真大师[1]，大师的石碑耸立于村内中心之地，曾经，村民们一年之中，几乎不间断地按月到此集结并诵经。因此，此地依旧残存着一种独特的民间信仰，如今也依然有人忠贞不渝。村里但凡有婴儿初落地，其母便抱着去往高僧处，请僧人指点迷津，并于佛坛之前，定下承诺。等小孩成长到五六岁之时，还必将在高僧指引之下，经历严苛的修行。倘若有人不奉行此道，便极易被扣上一个不思进取的懒人名号。或许，也正是得益于此种不成文的规矩之桎梏，促成此地居民养成了热情和善、礼貌诚挚等美

---

[1] 见真大师：即亲鸾上人，乃是日本佛教中，净土真宗的初祖，谥号为见真大师。

好品格。但凡逢人于道，无论彼此相识或陌生，皆会相互寒暄几句，以表热情。好友们不时会从东京前往此地来慰问我，他们偶尔会在途中遇上村中小孩，那些孩童便总是对他们礼貌行礼，随后并道一声"再会"。此种举动往往让我的好友们心怀诧异。亦未知是各种缘由导致了这行为，在孩童们纯真的心里，仿佛对山外来客道一声"再会"，几乎就等同于"你好"之意。倘若遇上的来客皆是成人，那么孩童便说一句"感谢您"，起初这各种缘故我也不甚清楚。生活于此地的村民不喜杀生，因此，这里既无抓兔也无捕鸟之行为。通常情况下，四处打野鸡的，必是山中猎人，抑或是镇上来的狩猎之人。在我寓居小屋的近旁便有大量的山鸟野鸡之类出没，然而，我却从未见过村民们将之猎捕。当战后初期，各地山民疯抢军库，此种事件常有耳闻，然而，此地的人们却从未这般鲁莽行事。细细思索下来，由于此地居民淳朴之风气历来如此，故人们皆不愿做些有违信仰及善良之事。

  由于此地土壤较别处不甚肥沃，大量农作物在此生长皆极其不易，因此，这里的农民们便需要付出几倍之于他处农夫的心血去劳作。从夏到秋，村民们总是在破晓的天空朦胧不清之际便匆忙进山割草去，这种情形需一直从初夏延至深秋。待到将背篓里的茅草层层堆叠似小山般高耸之时，才归家享用早餐。这些看似不起眼的草料，便是喂养家中牛马的绝好饲料。至于一年之中随四季流转的应时农事，村民们都很拿手，春季是忙于水田中的时节，主要是为了种植烟草及马铃薯。在拔除野草后，便可以插秧了，待到播种萝卜之时，盛夏便近在眼前了。此时节后，便是热闹的"盂兰盆会"。此地存有一个永不曾改变的旧俗，便是村民皆使用农历。究其缘由，不过因为自久前的时代起，阴历便已将各个节令和其所对应的农事类型定了下来。在每年"盂兰盆会"那几天，村民有六日左右的农闲日。每逢此盛会，村民们皆暂放手中农事，欢快地享受盂兰盆舞。而各月之中，农闲日也是固定下来的，皆是一至两天左右。凡此时恰好是暂别农忙之时。村民们便休整好自己的心情，集体享受难得的休闲时光。一旦到了节假日或祭祀之日，年糕之类的吃食便不可或缺。此地山民皆爱年糕，尤其是红豆年糕，还有核桃饼之类的吃食也很受欢迎，等美食制作完成后，家人们便围坐共享，闲聊家常。因此，我很幸运，村民们时常会赠送给我香甜的年糕。在这里，人们制作年糕所用的杵子，和东京那边不甚相同，此地的捣杵似月中玉兔手中的木棒。制作之时，四五人共持杵子，舂捣着年糕，同时大声吆喝。

热闹丰盛的盂兰盆会结束后，日渐到了收割农作物的时节。各种农作物挨个被收割，割稻子和脱谷都是最后的工序。深秋之时该收萝卜，将洗净泥土的雪白萝卜切片晾晒，那景致赏心悦目。在村里，最少不了的食物之一便是腌菜。每逢时节至此，村民们必要做大量如蕨菜、胡瓜，以及长茄子这类的腌菜，以备来年食用。除此以外，村民们也喜爱腌"银茸"，那是一种蘑菇。至于朴素的萝卜，通常情况下会被制作成干，或是用盐腌制。有时，勤劳的村民还会制作味噌。制作味噌又耗时又耗力，做法时常让我倍感惊异。

由于从初夏至深秋的农忙期，村民们早出晚归，工作时间漫长且易疲劳困乏，所以，村民们通常会在午饭后小憩一个钟头，以作调整。每日里此时此刻，村中所有人家，都在安静休息着，悄无声息。放眼望去，辽阔原野和绵远青山似乎也正酣然入睡。此种午睡方式近似南洋之地的习惯，对人们的身体大有裨益。

当收割农作物的时节告一段落之后，便要开始割除山中杂草。如此打理之后，山林好似被剃了头发一般，看起来整洁多了，在此之后不多时，便是十一月底，眼看着初雪将至，是该要捡拾枯枝、准备烧柴的时候了。白日里，村民们都背着捡拾来的大捆柴，一般来说，木柴会被堆叠为抬头可见的高度。此时，村民们无论大人小孩，皆忙碌地劳作着。此项任务算是一年之中最后的工作，完成它后便真正清闲了下来。之后，村民们将迎来"庭拂"祭祀，预示着这一年的农事至此收工，接下来的日子，直至来年春季前，便都是在山雪之中烧炭而生。

此地山中之人大多能歌善舞。当祭祀之时，人们齐聚一堂，击打着太鼓，舞蹈步伐和着歌曲节拍。在这种场合，《祭祀歌》是必不可少的，人们齐声颂唱完这首歌后，再随意演唱其他曲目。其中大部分曲调婉转且清丽。到了农历正月十五，所有孩童便成群而聚，跳起"稼舞"，排队绕行于家家户户之间。偶尔，农民们还会赠以年糕小礼，孩子们皆会为之欢呼雀跃。每年秋季，村中小学便会组织"艺能会"，此时，村内年轻的男孩女孩们，都会前去一展才艺。

冬季来临之时，村中孩童大都热爱滑雪，

而大人们都兴趣寥寥，也极少参加。当积雪深积到即将覆满我的小屋时，孩童们便欢天喜地地来到周边滑雪，在后山坡上尽兴嬉戏，而后结伴而归。在以前，滑雪是此村之人最擅长的技能之一，还曾有人参加过全国比赛，而如今，似乎都已淡忘，大多数人不再醉心于此了。

山中的小孩子们纯真乖巧，精力充沛，十分惹人怜爱。我时常思索着，是否只有此般天然的教育方式才能使城里孩童和山中小孩一样成长。尽管山中小孩简衣素食，不过，我对此却不以为意。在校园内打棒球是他们常做之事，因此，他们个个头脑机警灵活。此地青年极其热衷打棒球，并视其为绝佳的消遣活动，农闲时必会玩上一番。在打球的时候，偶尔击出本垒打，球便被打到了田地中，而后便怎么也找不到，说起来也真是怪事一桩。

此前四五年，此地的孩童对个人卫生不太注重，因此，在那段时间里，不管是阴虱还是蛔虫，抑或是皮肤病和沙眼等病，都屡见不鲜，然而，近年来这种情况已大有改观。尤其是后来DDT农药被广泛使用之后，村中"蚊蚤虫虱，叮扰清梦"之事几乎已经绝迹了。此外，这种杀虫剂也被大量用于马厩。直到上一年夏日，我那小屋才暂别了蝇虫叮扰，而今年，它们已被灭除。

其实，人的生活好似一张大网，铺将开去。在文化面前，倘若只专注于某一部分，而且只是一知半解的话，那势必会事与愿违。这地方古已有之，蕴含着厚重的历史之感，漫步于此，定然是绝佳的选择。

七月一日

　　太阳从东方冉冉升起，云蒸霞蔚，清朗一日，气温23℃。清晨露珠尚在，田中泥土润湿。我决定照例生上炉火，将饭盒中的剩食放在火上热一热，顺便熬点味噌汤。在汤中搁些水菜，还有鲱鱼干，是我偏爱的做法。水菜是山林野菜的一种，去年我来到东北部后才有所耳闻。这种植物的学名是"大伞花楼梯草"，就算是野菜，也实为稀少。它生长之处定要水泽丰润，譬如深山溪流一带。成熟的水菜高约两尺，叶茎淡绿，鲜嫩如其名。接近根的位置有淡淡的红晕，很是漂亮。这种植物只会沿着茎向上生长，不会发出侧芽，而能吃的部分也就是茎了。可以煮熟后配以酱油蘸着吃，也可以用盐腌制，还可以放在味噌汤里，无论怎么做，都会很可口。水菜和蕨菜差不多，手感湿滑，不过，吃起来却很爽口，堪称完美。它并没有特殊的味道，茎部笔直刚劲，就算煮很长时间，也不会如别的菜那般绵软。在岩手县，人们都很喜欢这种菜，经常食用。夏季是水菜繁盛的时节，不过，基本上都生长于深山之中，采摘不易，因此，人们通常都是直接购买现成的。不过，若是在菜市购买，恐怕价格不菲。一个名叫恭三的村民，还有分校校长的太太，都曾送过我一些。爽滑的水菜和油脂性的鲱鱼总能相得益彰。

在准备餐食的间隙，我通常会溜达到田里去驱虫。起初，那些虫子令我恶心，但如今，捏死虫子这种事情，对于我来说，已轻车熟路，无论是何种虫子。我还会顺道在地里采摘些山东菜和芹菜回来，只需配上点食盐，就能得到美味小菜一道。通常情况下，在清晨六点之前，我便将早餐弄好了。在小屋四周，杜鹃鸟和黄莺的鸣叫声，此起彼伏。天光大亮之前，杜鹃鸟便开始叽叽喳喳了，它们是急脾气，全天候地叫嚷着："本人没有来吗？本人没有来吗？"[1]像这样耐不住性子，呼朋唤友的鸟儿并不多见，倒是和急脾气的知了习性相近。还有那布谷鸟的鸣叫，会从遥远之处传入我耳中。陋室周遭麻雀甚少，雀鸽的身影倒是常见到。它们对食物的要求并不苛刻，亦会去啄食不干净的东西。始终优美如歌的，唯有那黄莺之声，而且穿透力极强，可以盖过四周一切声响。那歌声穿越了山林，回荡在静谧的山谷中，经久不息。

---

[1] 这里是杜鹃鸟的叫声，在日语中的发音和"ホンブンカケタカ"（本人没有来吗）很接近。

夏食之事

应对夏日酷暑这件事，我这个人原本就不太会的，因而，在今夏暑热面前，我真的是要竖起一杆小白旗了。听说今夏的炎热程度，创下了东北部三十几年来的最高纪录，正因如此，水稻等旱作物的长势十分之好。不过，对于我个人来说，如同动物园中的白熊一般，难以忍受这番炎炎烈日。上一年的夏季，我在暴晒中垄田和除草，而后因此高烧至四十度，在床上躺了四五天的样子。在那些日子里，是村民们在照料我，我觉得很是麻烦他们，心怀歉意。到了今年，我自知应对不了这种酷热，于是，干脆放弃了我的那片田。七月土用[1]之后，未除过草，也未施过肥，彻底任它放飞自

---

[1] 土用：在日本，一年中的立春、立夏、立秋、立冬之前的十八天时间，被称为土用。

我了。如此一来，我的身体倒是可以支撑下来，只是那田中景象，实在令人不忍直视，差点儿就变回了最初的荒地。大部分西红柿都焉了，黄瓜长得斗大，像怪兽一样，四季豆的叶子泛起猩红大，葱被一片杂草埋没，唯有卷心菜还算是在正常生长。说是身体无恙，但实际上也只是不用躺在床上罢了。因为酷热难耐，我清瘦了好多。对着镜子剃胡子的时候，我看到自己的双颊都已陷了下去，颈上青筋直冒，惨不忍睹。

一在夏天，我就没食欲，一天也吃不了二合[1]米饭。按照政府的安排，每日食物定量为二合三勺，假若剩在那里，便会把各种小虫招惹来，因此，我会把多余的部分送给村中孩童。比起饭食，面食我倒能吃得更多点，发放面食的日子里，我都会很心满意足。不过，要是发放的是冷面和挂面一类，在食用的时候很难佐以高营养的配菜，长此以往的话，就会生出偏

---

[1] 合：日本的体积单位，1合约为十分之一升。

食的毛病。夏日时节，我勉勉强强能做到一日两餐。到了晚上，用饭盒舀一合五勺米煮成饭，吃不完就自然放凉，留作翌日早餐。说起配菜，若是熬制成汤，喝起来总会让人冒汗，因此，这段时间我是不熬汤的。把土豆、茄子，还有洋葱放在猪油中烹炸，所得小食吃得再多也不会腻味。如若再将西红柿、腌黄瓜，抑或是凉拌黄瓜之类的，放在里面同食，那便堪称绝世佳肴了。偶尔的，来自东京的友人们会给我带来些江户特产，抑或是美国食品，每每此时，吃东西这件事，便变得异常快乐。若是将所食之物做个分类的话，大概包括山本海苔或山形屋海苔，鲥佐佃煮或玉木屋佃煮，还有政府配给的罐头等几类。毕竟是蛮荒山林之地，有这般稀少的食品可以享用，实在令我惶惶然不知所措。在吃过饭后，村民们往往会将餐具用沸水煮一煮，并将未吃完的食物通通丢弃。

　　我偏爱饮茶。每日清晨，先将地炉生好火，烧一壶开水，此后首要之事便是煮茶。偶尔从别处得到些抹茶，沏泡的时候便会采用"点茶法"。在东北部有种物美价廉的煎饼，名为"八户"，是很好的茶点。就算是利休[1]先生，想必也会食之欢愉吧。黎明破晓，夏风微起，喝上几口茶，静享一日之中最美好的时光。宇治产出品的抹茶，以及川根户出品的煎茶，我也偶尔有机会能收到。

早餐是冷饭，通常我会佐以黄瓜、西红柿和越瓜，有时候会烹炸些蔬菜，无论何种蔬菜，但凡手边有，就怎么都能用得上。我家里的香辛料，不多数为东京友人相赠，不过，我偶尔也会用辣椒、野姜、韭菜、赤苏、绿紫苏、香芹，以及大蒜之类的自己做，那些蔬菜都是我自己种出来的。在东北部，种植生姜是件很难的事，因而用得很少。我通常不食午餐，若手边有苹果，便会吃上一些。不久之前，镇上的阿布博先生（精通苹果种植技术的专业人士，其地位在镇上数一数二）送了些苹果给我，其中包括

---

[1] 利休：全名千利休，是日本安土桃山时代的茶道宗师，在日本有"茶圣"的美誉。

一种被称为"祝"的青苹果,以及一种被称作"旭"的早熟型红苹果。苹果多汁且微酸,在夏日食用再合适不过了。我在口渴的时候会吃些西红柿,偶尔也会吃点西瓜。那些西瓜,都是在开发队的老友相赠的。尽管此地井水清冽,不过,我从来不喝,只是用作漱口水。我在饮用井水之后,会即刻全身冒汗。若是汗出得多了,便很容易让人感到疲倦,除此之外,需要清洗的衣物也会多出些许。在炎炎夏日中,洗衣服本是件清爽之事,不过,就是有些太费时。朋友会赠我些"天鹅牌"肥皂,在战事爆发之前我常用它,现在颇有些睹物思情。

至于晚餐,我通常会准备些油脂类食物,以及富含蛋白质的食物。山中鲜有鸡蛋,也难以买到牛奶或羊奶。入夜后,天气渐凉,因为我习惯于只穿一件T恤,因而做晚餐的时候,会将火生起来。每每隔上几日,开发队里的豆腐小贩便会将豆腐送到我这里，我便用豆腐做些富含油脂的吃食。在夏日里，我是不会到村里去的。家家户户都吃不上鱼和肉，有的只是鲱鱼干和海胆之类的干货，以及罐头食品，以此来摄取蛋白质。野菜也是吃不到的。山中蝮蛇颇多，而我决然是吃不下去的。村民们到镇上去出售蝮蛇，一条两百日元左右，不过，是否真的如此，我也不敢确定。若真的是两百日元一条，那么，我那小屋附近的蝮蛇，不就可以每天卖上数千日元了？晚餐后稍稍收拾下便到了十点半左右，从此时起，直到入睡，时光都是在工作当中度过的。

在白日里，这里会有很多访客，这让我无心工作。前来之人，要么是放暑假的老师和学生，要么是打算在田园中野炊的游客，抑或是久违的东京故友，还有带着各种缘由，来自花卷、盛冈和别处的客人。除了下雨天，可以说日日宾客。记得有一次,有人从花卷骑车来看我,不仅带来了五瓶啤酒,还带来了冰块儿。那日,东京故人也正好前来探望。如此一来,我们便如往昔那般,畅快地喝起酒来,尽享清凉快意。实乃人生极乐之事啊!每逢夏季,我的身体便会清虚异常,并非疾患所致,皆因我体质异于常人。一入秋,身体情况便即刻好转,这道理就如同晕船之人一上船就晕,一下船就好了。正因如此,无论我的身体在夏日有多虚弱,我也始终泰然自若。九月底,当小屋屋顶被落下的栗子砸得噼啪作响之时,天气便会逐渐凉快起来,与此同时,我的身体也会快速恢复,开始有食欲。在冬季里,我基本上每顿都得吃上一斤左右的猪肉。我很注意膳食结构和烹饪方式,通常都是亲自下厨,在我看来,无论是营养还是味道,自己做的饭菜比饭馆里的要好得多。无论如何,这样的生活方式是更加健康的。我还会服用些维生素，以便保持营养均衡，当然，那些生产日期不甚明确的维生素，吃了以后效用不大。

好的身体是一切精神活动的基础，在冬日里，我的思维定然会比在夏日里运转得要快。此时的我，像是正泡在热水里，默默忍受，静静等待，盼着山风送来下一季的消息。

山之秋

　　山野之秋历来从旧时的"盂兰盆会"起，便全面来袭。

　　等到七月中旬，郭公和杜鹃鸟鸣叫便再也听闻不到了。不知不觉之间，夏日已悄然逝去。时光走到七月末，水稻开始渐发新芽。在培植水稻期间，某种令人心惊胆战的虻便会出现。它们集结在一起，成群出没，折磨着人和马匹。在入山前，村民们皆须将皮肤用布匹严密包裹起来，以避免被虻蜇到。马匹为避被蜇，有时会奋力挣脱拴于树干之麻绳，疾步跑远离去，躲于小屋附近。村民们经常到我的小屋近处寻找马儿，嘴里不停念叨着"又找不到我的马儿了"。

　　田中稻穗即将萌芽时，田地的返修事务

便需要暂告停顿,此时便不用再辛苦拔草了。时值农历孟兰盆会期间的农闲日。在农人们看来,这难得的休整期可谓是一年之中少有的欢愉日子。在这段时间里,"吃年糕"和"祭祖"这两项习俗,不可或缺,除此之外便是"跳孟兰盆舞"这个习俗了。村中青年一代十分热爱齐聚一堂,切磋棒球技艺。另外,农民们还将会举行敬佛之礼。在我住的这座村庄里,每年此时,村民们会轮流出面邀请花卷镇光德寺的僧人前往自家住处,带领大伙儿诵读经文。诵完经后,人们便会取出随身携带的食品,与人分享,并将班若汤供奉至佛前,如此共度一个愉悦之夜。所邀高僧皆是骑着自行车从五里外赶来,因此,总是大汗淋漓,需要稍作休憩,擦一擦汗。然后,趁天色尚早便在佛前诵经。村民们身穿统一服饰,也就是环带袈裟一类的装束,齐聚一堂,整齐划一。诵经完成之后,于一间四壁可拆卸的大房间里,村民们将先前备好的餐食摆放齐整,而后再依照本家和分家之分，依次入座，紧接着，宴会便可正式拉开帷幕。村中的年轻女子和妇人们轮番上前倒酒。等时辰到了，高僧便带着村里人所赠之礼，骑车回小镇。高僧走后，热闹的款待还将持续下去。敬酒的时候，大家通常会使用彼此的商号，抑或是别称，譬如"田头先生"和"御隐居先生"之类。人们高声呼叫着被敬酒之人的名号，同时，用硕大的陶朱色酒杯，互斟清酒，氛围热闹非凡，宾客皆乐在其中，尽心尽兴。

距离山口村约莫一里之地，有座"昌欢寺"，颇为古老，热闹的孟兰盆舞会一般都是在那里举办的。直通昌欢寺的小径属于开拓村所有，如今，虽拓宽成一条难望其尽的平坦大道，而大道内侧本为一片被芒草杜鹃花覆盖的辽阔荒野。大家成群结队于此路之上载歌载舞，同时，向着远方的昌欢寺，虔诚地前行。时节至此虽已是秋季，然而，由于白昼的日光依旧强烈，气温依然闷热，因此，我从未随着村人去过那座庙宇。前行的队伍偶尔也会出现在山口村，人们于小学校园的操场上翩翩起舞。平日里，村中并不会特意开办丰盛的酒宴，然而，盂兰盆节之时，便会大规模举办，似乎想让人们将一年之中的美餐都一次性吃够。通常情况下，村民们会礼赠我一些红豆年糕，以及鲣鱼片。其中有种乳白的美酒我也常喝。此种美酒若是酿制得当，口感便会醇香无比，难以尽言。此酒的甜酸滋味调配适中，既轻柔又刚劲有力。当独自一人席座于地炉边，用茶碗盛酒，安然品尝，世间恐再无能让人身心如此舒畅之事了。倘若此酒酿制有误，滋味便不甚可口，口感酸涩，酒劲极大，吞下一口，顿觉腹中火烧火燎，难以忍受。由于胃里的酒依旧在发酵，因此，也频繁打嗝。无论如何，人们依旧会热衷于畅饮此酒。豪饮千杯，唯求一醉，因而，村民们多犯胃溃疡等病。胃溃疡便是胃里千疮百孔，甚至开始溃烂。所以，常年来，村中因此病去世之人亦不在少数。不过，农家人无酒便难以下地干苦累的农事，清酒价格不菲,颇为奢侈,农人通常很难接受,因此,此种后果也几乎是不可避免之事。

乡村酒宴向来善始善终。倘若你被邀到别人家中做客,那开始的事便是进餐。大家围炉而坐,在味噌汤和腌菜的佐伴下,吃一两碗米饭。饭食之后,客人们便抽着烟,聊起天来,通常会聊很久。从进屋那一刻算起,直至闲谈完毕,起码也要三四个钟头,当然,这也是因为中途会陆续有新客加入之故。闲聊之后不多时,美味佳肴便已备好,一一置于桌上,摆放得甚是齐整。客人们各就各位,开始互斟美酒,充满仪式感。此时起,气氛逐渐热烈,甚至会略微混乱。有人从座位上站起身,一手持着硕大酒壶,一手端着外黑内红的木酒杯,于席间往复敬酒。每每于此时,主人便会从里屋取来只太鼓,开始即兴演出。只听得"咚"的一声,有人开始领唱,余音绕梁,让其自身顿感自豪,随后,众人齐声开场,照例是那首《祝歌》。《祝歌》听起来很是枯燥,但实际上是带有格律的,这曲子总共有五段,乃是长歌一首。此歌完毕后,众人便各自放声大唱自己所擅长的歌曲,以此助兴,并和着节奏拍打起双手。拍子打得十分响亮,有时会让人产生错觉,以为这声音本是在远山间回荡,此时所闻乃是那轻快的回声。此种欢快场合之中,酒乃不可或缺之物,那酸涩的白色美酒依旧一杯杯不停地下肚。倘若遇上没喝酒的人,主人便立即走上前去劝酒,甚至会用空出来的手,强摁着那人喝酒。时机至此,年轻女子也好,妇人们也罢,就连上了年纪的老妇,皆会从里屋走出来,排成排,悠然起舞,通常所跳之舞都是福神舞。客人们愈加亢奋,便站起身,歪歪扭扭地跳起来,当然,也有人在半道儿就已疲惫地跌坐于地了。按照此地习俗,在宴席上,倘若你不能喝到烂醉,便不得归家。所幸我酒量尚佳,即使喝到最后,也勉强可以站起来。打算归家之人,会踱步到门口,将雨鞋穿好。此时,热情的主人会追出来,手里拎着酒壶,端着酒杯,饶有兴味地再给他倒上几杯。这便是所谓的"临别前的待客之道"。而后，主人将些许特产塞给客人，让其带回家。此时天色已晚，乡间小径走起来颇为费劲，鼓乐之声和聒噪人声从主人家中依稀传来，几乎盖过了那哗哗的溪水声。酒宴将持续到何时，这可说不好。岩手县一带的人们，天性热情，尽管有时会乱作一团，但绝不会有人真的动起手来。口舌之争乃是常情，但客人皆克制有礼，绝非关东一带之人，动不动就出手伤人。我在这儿已经待了八年，从未见过如此欢畅热闹的场面。

热闹的盂兰盆节之后，山林之中顿时变得寥落起来。山间植被多已不再生长，开始蓄积能量孕育新种子。菜园中的西红柿、茄子和扁豆皆已成熟，红豆与大豆也都长得十分高大；在伏天里播种的萝卜，现已吐出青芽，拓展了根系，白菜和卷心菜到了结球之时；土豆的第二次花期已过，第一批土豆现在长得更为圆润饱满了，四周还冒出来许多新土豆；南瓜、西瓜和金瓜这样的瓜类，皆略带自豪地钻出了头。那后山缓坡上，洁白如玉般盛开的野百合零星四散点缀着大地，绚丽景致夺人心魄，当清雅的百合逐渐吐露其迷人芬芳之时，熟透的栗子便隆重登上了秋之舞台。

在海拔不高的几座山上，从山麓到山顶的东北方向皆长有繁密的栗子树。此树虽木质较硬，不过，其长势迅速。尽管多次被砍伐，但仍旧能快速地新长出一片林子来。栗子香味浓郁，口感软糯，深秋之时，便能看见密集的栗子缀满枝头，数量之多总也摘不尽。我那位于山口村最里面的小屋，便被成片的栗树环抱着。待到九月底，就可以摘栗子了。

暑气虽已消退，但白昼的日光依旧灼热，相对来说，黎明时的空气便很是清爽，甚至夹杂着些许凉意。某些清晨，我会呼吸着清新自然的空气，走到门口，一眼得见地上有栗子在蹦跳着滚远。新落的栗子拥有诱人的光泽，看起来很干净，末端还泛着炫目的亮白微光，就像还拥有着鲜活的生命似的。地面略微潮湿，四散着坠落的栗子，有黑色的，也有褐色的，两色交相辉映，看上去很是雅致。如若开始着手拾捡栗子，便会惊讶地发现，目之所及，遍地皆是，无论是韭菜丛里，还是菊花的阴影中，抑或是芒草根底，到处都散落着栗子，明亮夺目。每日清晨，我都能捡满一整筐，那些没有捡到的，便也只能放弃了。在我捡拾地上栗子的时候，头顶的栗子树还在不断掉落新栗子，砸在小屋顶上，发出"噼啪"之声响，多少有些令人意外。还有很多栗子掉落在熊竹丛里，不过，这类灌木丛通常都很低矮，栗子掉在里面便很难寻觅得到。

此处山林之中的栗子树所结的果实大部分属于茅栗，个头儿不会很大，而我屋子四周的栗子树，其果实的个头儿大概在丹波栗和茅栗之间，正适合食用。那时，我几乎天天吃栗子，不是做栗子饭，就是煮栗子，或者把栗子放在地炉里烤。将烤好之后的栗子从炉灰里刨出来，再用湿纸包好，坐在明灯之下，享用美味。那味道仿若当年在巴黎街头所吃的烤栗子。记得当时，街边小贩大声嚷叫着："马龙薯！马龙薯！"[1]我偏爱将那温暖的三角纸包放进衣兜里，然后边走边吃。现在想来，那一幕恍如隔世。当年我身居法国，如今隐逸于岩手，思及此事，内心充满难言的愉悦。

村中的小孩和大婶们也时常挎着竹篮前来捡拾栗子。纵然山之南面的山崖也遍地都是捡之不尽的落栗，但村民们似乎都很清楚"何处栗子树上的栗子最美味"。为了捡拾栗子，村民们时常会进入山林腹地，偶尔会看到熊的踪迹，然后诚惶诚恐地飞奔回来。熊类显然很擅长将垫板支在树杈之间，而后坐上去进食。

肃杀的秋风逐渐变得急切，时常于某个普通的清晨，节气忽而转变。冷风自西山跋涉而来，迅速而又激烈地吹刮着芒草，与此同时，亦将前一日的温热之气带走，天地转凉。

---

[1] 马龙薯：法语 Marrons Chauds 的译文，意为"烤栗子"。

东北部的秋天，若宝石般瑰丽，无时无刻不在向前迈步。碧空不染纤尘，偶有飞鸟掠过。伯劳鸟高鸣着翱翔远去，红蜻蜓在低空密密穿行，旷野中芒草遍地，无边无际，清风一拂，白雪般的稻穗窸窣作响，好似波涛般起伏不定。此情此景，令我不禁想起瓦格纳《黎恩济》歌剧中的宏大乐章。在密密麻麻的芒草之中，延伸出一条小径，两侧遍布着诸如翠菊之类的紫红花，争奇斗艳，煞是可爱。女郎花和男郎花也争相盛放，它们的植株略高于其他植物，因此，显露出独占鳌头的姿态。不日之后，桔梗花便会绽放出小巧的淡紫色花，好似娇羞少女突然睁开了那汪眼波流转的眸子。最晚开放的是龙胆花，此种植物身形矮胖，总在低矮之处静静绽放。龙胆花的生命力极强，在酷寒的霜降时节，依然会倔强绽放。每到这个时候，最让孩童们兴奋的便是满地都长满了可食用的野木瓜。小径边时常能看到吃剩下的木瓜皮，表皮淡紫，煞是漂亮。单单从这些被丢弃的木瓜皮也可以想象得到,孩童们当时吃得是如何兴高采烈了。倘若说野木瓜最受孩童欢迎,那么,最受牛马欢迎的必是"胡枝子"了。

胡枝子属于豆科,向来都是牲畜最爱吃的东西。村民们时常去山中收割胡枝子,用来喂食牛马。每每进山,都必将满筐而归,胡枝子被堆叠得如小丘一般,被扛回了农人家。此处山中的胡枝子甚是繁密,这里的品种被称为"山萩",色泽微红。还有个品种被称为"宫城野萩",红得更为深重。之前,我将它们移植于小屋附近,有一段时间,长势颇为喜人,枝叶茂盛。其实,胡枝子亦是野草的一种,生命力也很强,叶落即为肥,可以促进生长。在秋日里,胡枝子便会绽放出花朵,红白两色,观之清雅,情致十足。牛马等家畜最爱吃的是开白花的胡枝子。除此之外,秋林之中,最让人觉得赏心悦目的便是伞形花了。楤木开了花,土当归也开了花,花朵从花茎中直直蹦出,看起来仿若花茎为碧空献上了一枚灰白小花,妍丽绚烂宛如夜空焰火。别的高山植物也次第花开，遍布山林。倘若行人行至此地，总得小心翼翼，要不便无法前行。

之所以说若不小心便无法前行，那是由于秋季时候，蝮蛇常游走于这些植物之间。此种蛇类在夏日里性情还算温顺，可一旦到了秋季，脾性会变得暴虐，时常会攻击人畜。有的时候，它们会躲在道旁，等人靠近时，便猛扑过去，发起攻击。简而言之，蛇蟠时刻都准备着发起攻击。岩手县的当地人将这种蛇简称为"蝮"。我那小屋四周的密林便有蝮蛇巢穴，不过，我和它们相处得尚还不错。蝮蛇是群居动物，巢穴通常都是固定的，因而，它们每年都会在同一个地区现身，而非四处乱窜。所以说，我从不会和它们过不去。村民们时常会被蝮蛇攻击咬伤，受伤处通常会红肿，要修养两到三个星期方才见好。因为此地蝮蛇数量颇多，村中便有人擅长捕蛇。他用棍棒的前端，死死抵住蛇的七寸之处，这样一来，蛇不得不大张着嘴，任由捕蛇人将牙齿拔去。之后，捕蛇人将会从蛇嘴的地方开始，剥下蛇皮，动作极为熟练。蛇肉纯白，可直接烤食，堪称美味。若是配以烧酒，便更是绝味。若是将活蛇带到镇里去出售，一条可卖上数百日元。在花卷广场的小摊贩那儿，随时都有蝮蛇卖，那可是货真价实的野生蝮蛇。

在人们的印象中，红叶似乎是十月中旬才该有的，然而，漆树和山漆树的叶子，在九月底便已红透。红与绿的分界线尤为醒目，在那大片翠草青树间，偏偏点缀着绯红，格外惹眼。不久之后，山村四周的绵绵山岳亦开始自上而下地渐染缤纷，群山遍野呈现出夺目的斑斓。那混生林中的红，自然要比枫树林中的红更为吸引人。由于树种不尽相同，叶色也千差万别，缤纷多彩，目之所及有红色的，有茶色的，有褐色的，有黄色的，还有金色的等等，令人不禁赞叹起大自然的巧夺天工！山口山的山体呈三角形，山腰上成片生长着山毛榉和连香树，深秋时节，这些个高耸入云的大树总是金光闪闪，宛如平安朝的佛画一般。对于油画作品而言，实难描绘出日本之秋的丰厚美感，不过，若是梅原龙三郎[1]执笔的话，或许也能做得到吧。不仅是树上叶片，就连树下小草也一样是大自然的馈赠。脚步踏于其上好似踩上锦缎。此刻，甚至那平日里看起来不起眼的蔓草，亦被渲染成了绯红一片，仔细品味，好似还透出些许严肃的意味。中秋皓月，大致在十月上旬绽放于夜空，极其惹人注目，往往一抬头便能恰迎清晖。北方群山绵延不绝，早池峰南山海拔皆低，从小屋近旁便可望见明月从这些山峰之后逐渐升上夜空。整晚，一轮圆月悬于南方苍穹，向秋田县的山峦漂移。夜空纤尘不染，明月高悬，银波流转，清亮非凡。就连沐浴之时，浴盆中也清晖满溢；踱步于屋外旷野，芒草被银光笼罩，好似披着轻纱，草穗轻柔地在微风中摆动，似在随波起

---

[1] 梅原龙三郎：与高村光太郎同时代的画家，画风生动，东西结合。

伏。在此种静谧时刻里，睡觉显然太过浪费了。通常此时，我会踱步于皎白月色之下，游荡于了无人迹的山野之中，直至夜深更重。而后返回屋内，切个西瓜、剥些栗子，再吃几口芋头。有那么一两次，我于这种幽静凄美的夜晚，偶遇了几只异常灵动优雅的野狐。不多时日后，红叶便渐次衰败飘落，皓月也由圆转缺，又到了独属于蘑菇的时光了。

一种名为"网眼"的蘑菇率先破土而出。此种蘑菇外形好似一把点缀着无数小波点的无痕伞，看起来像网眼一般，因此而得名。我那小屋边上的赤杨木根部，堆积着厚重的枯枝败叶，很适合这种蘑菇深藏其间。当你寻得一个网眼蘑菇，便会惊讶于它四周还有众多伙伴。它们总是成片而生，聚起来宛如小小草原。这种蘑菇可直接拿来烹做汤食，然而，此地人的惯例是将其用线穿串，晾干后再烹食。尽管它的口味虽算不上太好，不过，人们亦不会将其丢弃。乳菇常见于松林附近，不过，高级的松口蘑，在此东北部是遇不到的。这里的松口蘑产量极少，而且无论是香味，还是味道，都不如京都所产。此地产量最多、味道最佳的要数蟹味菇了。金蘑菇和银蘑菇这类蟹味菇类的口感也不赖，外形也美观可爱。金蘑菇色泽微黄，银蘑菇色泽略白，体似香菇，喜藏于落叶当中，总成片生长于某个区域。村民们偏爱将蟹味菇制成盐渍蘑菇，留待正月时做菜用。以银蘑菇为原料的味噌汤乃是山野间的绝佳美味。还有种蘑菇名为紫杯菌，色泽深紫，很是美丽，然而，滋味平淡，且无其他奇特之处。另外，诸如栗菇、臼菇、鸡油菌之类的菇类亦是可以吃的。至于滑菇，此山之中遍寻不见。当然，此地的毒蘑菇的品种也相当繁多。红菇浑身呈红，豹斑鹅膏菌的身上有繁星般的白色波点——此两种皆为极其危险的毒蘑菇。入夜之后，还能望见磷光闪闪的月夜蘑。此蘑菇外形似香菇，易误食，其实，它闻起来略臭，蘑菇伞上的皱褶也更细密。在暗夜之中，长于树根处的月夜蘑便会微微泛光，乍一看，令人胆寒。此外，带有剧毒的还有赤褶菇和鬼笔鹅膏菌，误食皆可致命。蘑菇种类繁多，其中，最稀有的是灰树花和香蕈。灰树花常年长于山林深处，有些体形硕大，重量可达一贯[1]。在巨大的菇身上端，还会长出无数鼠腿般的灰白蘑菇。这种灰白蘑菇具有很浓重的香味，厨师们偏爱用它们熬汤。有些猎人也会特意到深山中采摘灰树花，而后运到镇里出售，以此暂时维持生计。至于那香蕈，村民们称其为"马贩子菇"，从名字便可想见，它们外形可怖，好似翻转的伞面，周身覆黑，长满绒毛，看来看去都像极了马贩子。这种菇的体型较大，深受镇里人的喜爱。在风干之后，香蕈的香味便浓烈起来，可做高汤原料，味道鲜美，非常值得品尝。我曾比对着蘑菇图鉴，品尝了那些可以吃的蘑菇，即便是村民们不愿吃的品种，我也觉得尚能接受。绒盖牛肝菌

---

[1] 贯：日本的重量单位，1贯约为3.75公斤。

和未成熟的"硬皮地星"也曾是我腹中之食。硬皮地星这种蘑菇在成熟之后会冒出烟来，而绒盖牛肝菌长得颇大，看起来有些粗壮，被村民们戏称为"夹心面包"。尽管其外形着实和夹心面包相近，而滋味不佳，不过，在我看来，它还是很惹人怜爱的。

说起秋季虫鸣，着实一言难尽。每到入夜之时，各种各样的小虫便开始在小屋四周纵情鸣唱。唯独听不见纺织娘的鸣叫，因它深藏于深山之中。和在东京一样，蟋蟀总是最持之以恒的，哪怕是下雪天，也能耳闻其低鸣声，从某处角落传来，时断时续。它们总像是在浅吟低唱，倾诉着淡淡哀伤，抑或是宣扬着生命力的倔强。

待到十月或十一月，村民们便忙着收割了。尽管日日辛劳，不过，农民们还是那么悠然自得。此时，稗子最先被收割，因为它的穗最先长出，因此，收割它的日子都是定好的。从根部下手割去，十株绑为一捆，堆叠成三角形，这种方式被称为"缟"。紧接着，稻谷会被收割。谷穗呈金黄色泽，颗粒饱满，成束低垂，很是美丽。土豆被一个个挖出，四季豆、红豆和大豆等也被收尽。农民们将大豆秆的豆荚剥去后，将其晾晒于屋檐下，用作冬日牛马的饲料。割稻的时候就像是在战斗一般，毕竟要和节气争分夺秒。白日里，一家人齐齐上阵，从黎明时分忙到夜幕余晖之时，无半点停歇之时。收割起来的稻束，被晾晒于田埂上，以反方向摆放，连续晒上好几日后，再被挂在稻架上晾晒。农民们通常会在田地里设置一座粗壮的圆木架，这样既能于高处将稻束扎成球状，亦能从低处将稻束堆叠成垛。入夜之后，遥望那高耸的谷垛，好似矗立在地里的巨人。通常，圆木会被横向劈为四节，再以反方向制成架，看起来就像是在道路两旁设置起了一道稻穗屏障。道路在泛着金光的稻穗屏障之中，蜿蜒向前，行走其间，那浓郁诱人的独特稻香扑鼻而来，此时此刻，一年之中的大多数农活都已干完了,一想到此,内心便安定下来。每次到镇上去办事,归途必经此处,望着参差不齐的稻穗,沉醉于馥郁稻香,我总深感欢愉。稻香因品种而异,尽管如此,那种甜美之意总能令人迷醉到无法呼吸,好似儿时母亲的气息。山村之尽,林荫一片,我的陋室恰在那里。朝小屋走去,不知不觉间,那香甜之意已消失殆尽,此刻,感受到的唯有那凛凛的秋林之风,清爽宜人,携着负氧离子,为我送来了大自然的甜美芬芳。

陆奥之音信

（一）1949 年 12 月

从此刻起，我时不时地会将"陆奥的音信"称为"昂"。久居山林，鲜见那些不寻常的事情，更不了解当下的社会时事，于是，便想将生活中的小事写上一写。

奥州白河关以北的确被称为"陆奥"，恰好位于北纬 39°10′ 至 39°20′ 沿线。如此看来，岩手县稗贯郡地区刚好地处陆奥的中间位置。从此处向南去，大概八里外便是水泽町，那儿的一座可以观测纬度的天文站很是有名。在那里所观测到的天体，与在东京所观测到的天体大相径庭。星座低垂，北斗七星仿若悬于头顶。大概是因为山中空气清透，因而，夜幕美景能尽收眼底。一等星看起来大得骇人。

仰望星空，无论是冬夜之猎户座，还是夏夜之天蝎座，都近在咫尺，宛如正从天幕中垂下，正在肆意燃烧着什么东西。

木星一类的行星从地平线上慢慢升起，每当此时，我总震惊不已，它们完全不像我在东京时所见到的那样，此刻俨然就是小型的月亮。小屋前的水塘里倒映着它们的身影，光影让四周逐渐明晰。我甚至能感觉到胸口也被洒满了星辰微光。在以前，黎明时的金星被人们唤作"空虚藏大人"，那是油然而生的敬畏之意。偶尔半夜如厕，不由自主凝视远空夜色，丝毫未觉寒意袭人。只为得见这超凡美景，我愿在这山中陋室长居。此情此景，独一无二，有幸尽享，我一直心存感激。哪怕生命只剩下最后的十几二十年，但凡还活在这世上，便要去体味这大自然赐予我的欢愉。在我看来，宫泽贤治先生偏爱为星辰赋诗，还写出了神奇作品《银河铁道之夜》，绝非臆想之举，而是亲身所感，真心实意。

此刻，我写下了这些话，同时，还在咯血。我患上的可能不是结核病（这很难说），只不过是支气管的毛细血管破了而已。我素日里鲜少做体力劳动，不过，也总在硬撑着对付些棘手的工作事务。所以说，在这七八年里，咯血是常有的事，我已习惯。咳出的血和瘀血颜色相同，看起来并不是立马就被咳出来的，而是在体内淤积了大概一整天吧。此时此刻，亦复如是，我趴在写字台前工作着，都是两三天前接手的事情，盖上检验章，审核稿件和封面，以及另外三四件颇为重要的事务，不管怎样，终归是能完成的。

（二）

　　我的健康状况有所改善，所以，在1月13日那天，我如约前往了盛冈市。那天下了场暴风雪，代号为"风速二十"。我冒着疾风骤雪下了山。我得赶到盛冈市去参加一场美术交流会，那场交流会是县立美术学校为中小学教师们所举办的。学校还专门派出了两名教师在山下等着接我,有他们帮忙拿行李,我轻松多了,但风雪还是很大,一路上很是艰辛。

县立美术学校于前年初落成,这还得感谢现任县会议员桥本百八二画伯等人的倡议和筹措。校长是美术家森口多里先生,教师是当地的几位美术家。时至今日,这所学校已从一众美术学校中脱颖而出,成为研习美术技巧的知名学府,在业界的地位已不可撼动。我向来认为,文化是需要分散传承的,为了给岩手县的文化事业添砖加瓦,也为了给学校献出点微薄之力,因此,我接受了这次交流会的邀请。

我不常去山下,所以,这次有许多人期望和我有所交流,可能他们觉得机会难得吧。我在这儿待了五日,赴约七次。在最后一日,我参加了"啃猪头大会",甚是有趣。

在一些地方,人们推崇粗粮,不过,在很早之前我就意识到,他们应该多吃点富含营养的食物。在未来的日子里,人类一定是通过合成食品来汲取营养的,只不过现在还得依托各种动植物来获取营养。说起来颇为残酷,但人们别无他法。日本社会的文明若想要得到发展,第一步便要从生理方面入手,进行改变。所以,我们现在食用的肉类和奶制品要比从前多得多了,以便为健康的体魄打下良好的基础。不过,也有另一种说法,肉类的大量食用造成了极大的浪费。提及肉类食品,大部分人首先想到的往往是瘦肉和鱼鳍肉,不过,我的经验是,肉类食品中最具营养价值,同时也是最鲜美的部分,其实是内脏,而大部分人都忽略了这个事实。至于牛尾,自不待言,诸如心、肝、脑等各种内脏,同样十分可贵。然而,它们的价钱还不到那些边边角角的肉的一半(在花卷地区,内脏价格为100匁[1]70日元)。我不仅自己爱食用内脏,而且还常常建议他人食用。说起这"啃猪头大会",称其为"北京菜的盛大宴席"似乎更加贴切。那天晚上,

---

[1] 匁:日本古代的重量单位,1匁=3.759克。

一位名为滨田的男士一展厨艺。他曾在北京生活了二十余载，中国菜是他的拿手好戏。三十几位盛冈市的文化界人士齐聚一堂，共度良宵。

我最喜欢盛冈市的地方，是可以从公园瞭望台上远眺岩手山（岩手山的事，我会在其他地方提到的）。

之前我说过，咯血是我的顽疾，这次也和以往一样，两三天便止住了。从此之后，我依然坚强，依然健康。

（三）

在今年的 4 月 19 日至 30 日期间，盛冈川德画廊举办了智惠子的剪纸作品展，展出的都是她的遗作。这次的展览是联合主办的，主办方是岩手县《新岩手日报》报社和几个美术组织。另外，还有场独立美术展也在同期举行。剪纸作品展的负责人有两位，分别是美术家深泽省三先生和雕刻家堀江赳先生。他们两位从佐藤隆房先生收藏的三百余幅作品中，精心挑选出了三十几幅，而佐藤隆房先生是花卷医院的院长。主办方给作品配置了精美的画框和淡雅的画布，并将作品安置成一排，进行展出。我去到盛冈的时间是4月9日，但去参观作品展的时候已是30日了。

我很感动，因为已经很久没有欣赏到智惠子的杰作了。我从来没有见过被装裱在画布上、成排展出的剪纸作品，这种观感和放在双膝间逐个翻阅的感受迥异。这样的方式体现出某种整体美，彻彻底底地吸引了我。三十几幅剪纸作品，同一位创作者，集中在一起，这样一来，便会缔造出观感上的同一性。人们身处其间，仿若行走在密林当中，可以享受到光的美感。

智惠子的作品在形式上是光彩夺目的，同时，在艺术内涵上又是积极向上的。作品的每个细节都经过精心打磨，以崭新的面貌示人，体现出欢愉的初心。那种温馨，那种笑意，皆发自内心，恰到好处地融合在严谨的作品结构中，不蔓不枝，相得益彰。

日常生活是这些剪纸作品的主题，手法写实，还融合了抽象画派的特质，并非单纯幼稚的朴素写实主义。色调均匀，比例平衡，透露出隐秘的知性美，毫无突兀之处。这些作品自由而天然，丰富而温润，时不时透出些诙谐。无论是盘装的刺身、乌贼的脊柱、寿司和莺饼，还是花团锦簇、温室中的葡萄、鸟儿和黄瓜，以及医药包之类的事物，都被刻画得活灵活现。这些剪纸作品的原材料是彩纸，剪裁得十分细致，完成后粘贴在衬纸上。智惠子习惯用美甲剪来剪纸，因为美甲剪的尖端是有弧度的。所有的形象被剪裁出来后，拼贴在一块儿，便构成了一幅剪纸作品。

多说一句，岩手大学精神病专业的博士三浦信之先生曾告诉我，在智惠子的剪纸作品里，能够体现出她是精神异常者的作品，只有三幅。

(四)

　　这个冬季，肋间神经痛一直纠缠着我，事到如今，我只要一用笔，疼痛便会加剧。我移居此处已有五载，在这期间，我所干的农活颇为辛苦，尽管原来从未接触过这样的农耕细作。另外，这个冬季，寒冷至极，我终归还是熬过来了，同时，也熬过了令人生畏的食疗生活，这种生活从战后开始，持续了三四年之久。如今回头再看，称其为粗粮生活更为恰当吧，我完全不敢相信，自己居然能熬过来。在这些因素的共同影响下，如今我的健康才会是这番状况吧。可以确定的是，我体内某种激素分泌不足，当然，这属于老年病，在生理上为年纪大的人敲响了警钟。我觉得，在这一年里，我最好还是尽量避免繁重的田间劳动，不如将陋室修葺一番，以便能够好好对付来自大自然的严峻考验。除此之外，合理膳食是必须要做到的。当我的病症有所缓解的时候，我下定决心要将它彻底消除。不过，我很困惑，每隔一段时间它又会陡然来袭，尤其是在换季之时，每次都难逃它的魔掌。我一直认为，这病是能根治的，可是村里没有医护人员，我不得不自己动手注射。

患病间接导致了我身体虚弱，但究其根本原因，是因为去年年末的时候，我净忙着盖检验章了。我发自内心地认为，在书上盖一个个检验章这种事情，随着时代的发展，理应被撤销。不过，真要到了那个时候，贴有检验纸的书大概会摇身一变，成为珍贵古籍吧。可是，那一天真的会到来吗？我不敢确定。

抛开这两个因素不说，还有更重要的病因，那便是内心的折磨。当今这个时代，但凡是出生于日本之人，恐怕心里都在经历着深重的悲怆吧。因为生理结构的不同，在每个人身上，所引发的生理症状也会不同。肋间神经痛会让人在呼吸时疼痛难忍，而内心的煎熬会让人在言谈之间，感到痛苦万分，这二者是相互关联的。内心苦痛尚在，就算当下的病被治好，别的病痛还在伺机而动，说不定哪天就乘虚而入了。对此，我已经想得很透彻了。

今日是 3 月 28 日，山中积雪颇深。寒意本已悄然而逝，而这阵子却又余兴复起。记得从这年秋分的第一日起，水田中的赤蛙就开始聒噪，而今日却悄无声息，真是出人意料。一片苍茫之中，唯有啄木鸟尚还精力充沛。雪化为水，漫过路面，好似洪水决堤一般，搞得那些穿短靴的客人们进也不是，退也不是。就此情形而言，恐怕要待到四月中旬，积雪才会消融殆尽吧。等到雪都融化完了，便是播种豌豆的时候了。此前，我的病痛能不能好，我能否挥动铲子，都还说不准。大葱的生命力极强，已从积雪中冒出了嫩叶，而韭菜和大蒜也即将萌芽。我偏爱韭菜蛋花汤，很乐意在这段时光里安然静候着。这个冬天积雪深重，压坏了水井盖，没办法，洗脸的时候我只能无奈地蜷缩着颈脖。

不识寂寞之孤独
——给某位太太的回信

《妇人朝日》杂志的编辑部给我寄来了您的信,我刚刚读完。今夜室温是 -3℃,还不算太冷。晚餐时,我将围炉架支在了地炉上,放上小桌一张,就这样,开始给您写这封回信。

在信中,您详细述说了事情的经过,我读完之后发现,您从东京移居到这偏远小村的时间,居然与我差不多。缘分真是妙不可言,我甚是惊奇。和您相比,我迟来五个月,移居到现在的住处,是在那年的十月中旬。当时,您该是已做出了决定,打算返回东京了。我在东京的屋子已被大火吞噬,在那之后,也就是那年的五月中旬,我去了花卷,借宿在已离世的宫泽贤治先生家中,他们都很关照我。8月10日那天,花卷受到空袭,宫泽先生的住处被炸毁，此后，我先后借住于花卷中学前校长和花卷医院院长的家中，分别住了一个月左右。在那段时间里，太田村字山口分校的主任佐藤胜治先生为了我四处奔走，终于让我顺利来到了这座小山村。我现在居住的小屋，是村中的有志青年们一起替我修建的。然后，十月中旬那会儿，我搬了进去。小屋的地理位置非常好，和分校只隔了三条街。北边有山，西边有林，南边和东边都是旷野。不远的地方，还有地下水的出口。村民们帮我打了水井，那水经过褐煤层的过滤，甚是清澈。

十月底，您和孩子们去山口村一带玩儿，那时候，我刚好在拜访昌欢寺。昌欢寺的庙堂内满是桌子和杂物。我早就发现，有很多学生在战后疏散到了这一带，但实难想象到，来自东京的您竟然也居住于此。若是那时候遇见了您，或许能得到您更详尽的指点，也更能体味到当刻的微妙之情。不管怎么说，鸿雁传书，亦能倾心畅言。

说起太田村，算得上是稗贯郡最偏远的村庄了。这里贫瘠得很，土质呈酸性，农民们收获的粮食，勉强可以维持自身生活。村落文化和城市文化也是大相径庭。众所周知，太田村物质稀缺，采购之人都不愿前来。北上川东边的矢泽村位于冲积平原之上，农产品连年有余，可以卖很多钱。这种日子，太田村望尘莫及。村里的人们，祖祖辈辈都生活于此。夏天的时候，要么下到水田里劳作，要么在到处都是石子儿的旱地里忙活；冬天的时候，只能蛰伏在山上，劈柴烧火，过起原始生活。如我前信所言，外界自然会认为，这里村民们的生活是邋遢的、无知的、浅薄的，他们的劳动不及牛马所为，说起来这都是迫于无奈。不过，另一方面，若非居于此处，我便发现不了村民们有意思的地方。比方说，大部分村民都很直白率真，有时候甚至会让人觉得是在无理取闹，诸如此类的事情，我在很多地方都见识过。通常来说，疏散到这里的人，实难体味到其中趣意。他们带着城里人的思维方式搬到此地，而后便期望能够融入村中生活，但他们太过焦躁了，和村民之间的距离反倒日益疏远，他们感到很不自在，认为自己给他人添了麻烦，此种羞愧之情令他们日夜困顿。如我信中所写——他们日日念叨着"凡人"，时刻都在唉声叹气。

对了，您在前信中问道，我为何能在这般环境中平和生活，而且从未感到过孤独。常有人这样问我。在我看来，这和人的经历休戚相关。我乃草芥，无论身在何处，行力所能及之事，尽职尽责便足矣。此后之事，无非就是应天顺人，孤身赴死，最后尘埃落定。我的生活，注定如此孤独。上无父母，下无子嗣，妻子也已不在。在旁人看来，这种人该是最孤寂的吧，可身为当事人的我，却一点儿也没觉得孤独。从出生之日起，无论是身处于人潮之中，抑或是游走在家人朋友的圈子里，孤独感必然会源源不断地袭来。当然，这又是另一个话题了。

一般意义上的孤独，皆源于不满之情或不安之心，而这些情绪又常常潜藏在人际交往之中。我在这地方所做的一切，都非刻意为之，因而，我丝毫未觉得孤独。在我看来，就连"凡人"之类的困惑也是存在即合理的，安然接受就好。我完全信任这里的村民，这一点毋庸置疑。当然，很大一部分原因，是因为分校主任是位很值得信赖的中间人。我敬重村中长者，也很喜爱这里的青年。遇到不明白的事情，我会请教村民们；如果我自己有什么新的收获，我便会找机会传递给他们。我从未想过要给他们指导何事，和指导相比，更重要的是"润物细无声"。

或许您很难理解，不过，我打算长居此地了。尽管眼下的我，反应慢得像头牛，但我琢磨着，十年之后是否会有所改观呢？未来之事，不提也罢。自我搬来这里后，每天都生龙活虎，我想，这和壮阔美好的大自然不无关系。此地山水，绝非天上人间之盛景，但自然之美，近在眼前，既新鲜又浓烈，而且朝气蓬勃，实在是百看不厌。夜幕中星辰低垂，清水野田园广袤，山中林木郁郁葱葱，边际群山起起伏伏，早池山有齐云之峰，山道旁有花草各种，八葵和郭公、蕨菜和紫茸，四季各有不同；还有树上的果、冬日的兽，以及无数菌类和鸟儿。在我眼中，这一切精妙至极、完美之至。

  快到搁笔之时了，您就把上面的话看作是回复吧。书此信时，在洗手处，水已成冰，正乒乒作响。

山之雪

我对雪,情有独钟。每每遇到下雪天,我便会冲到屋外,让皑皑雪花覆我全身,从头到脚,无一处遗漏。此种体验,总能令我满心欢喜。

我移居至岩手县一座山林之中,此地地处日本北部,从十一月初始,便能观赏到落雪的绮丽景致了。待到十二月末端,极目远眺四野,便唯能望见苍茫白雪覆于地面。在我居所近旁的这一片区域,层积的白雪最高不过一米左右;然而,从小屋向北去,厚积的白雪便足有屋顶那么高了;而在某些低洼之地,深厚的积雪足以没过胸部。

小屋位于近山之地,距离邻村有四百余米的距离。这近处除去林木、旷野和些许耕地之外,四周只有一户居住人家。每到落雪深积时节,茫茫白雪覆满四野,半点不见人迹。至于塞窣人声和脚步声,便当然也是绝于耳际了。

雪落无声,不似雨滴哗啦啦落下。每每此时,即便是在屋内,也能感受到周遭的清寂宁谧,甚至会让人怀疑自己是否已失聪。虽然周遭沉寂悄然,但时而也能听见地炉中,木柴毕剥作响,还有那沸水在壶中欢腾的轻微动静。此番闲静岁月,直至三月为止。

当积雪深达一米之时,在雪中行走便举步维艰,自然而然也无人光临小屋。从破晓到日暮,我便蜷坐于地炉近旁,烤火进食,抑或阅览和工作。独自宅居的时日久了,便也渴望见点其他同类。但凡是鲜活的生命,就算不是人类,而是飞鸟与小兽,那又何妨?

但凡到此时节,啄木鸟的存在总是能让我心情欢愉。春夏,它们不见踪影;秋冬,却常居此地。屋外的它们,时常啄着柱子、木桩和柴垛,食以其中之小虫。清脆响亮的啄木声,似乎未有倦意，甚至还带着些许急迫感，好似那让人忍不住要回应的有客来时的叩门声。时而于原处"咚咚"忙碌，时而又"呼呼"振翅而飞——飞落到了其他木柱上。在我起意问问此处是否有虫儿之时，它们便叽叽喳喳飞掠而去。最常在屋前啄栗子树的，是灰头绿啄木鸟和大斑啄木鸟，它们仿佛永远都不知疲倦。头顶有些许红色的是灰头绿啄木鸟；而腹部带着些许红色的是大斑啄木鸟。它黑羽覆身，其上白斑错落。除去那些啄木鸟，还有些未闻其名的鸟儿也时常光临此地。它们经常于黎明或日暮之时飞抵，啄食那吊于屋檐下的各种菜种和草种。清早，当我依旧沉浸在梦乡之时，它们便已在窗外自顾自地劳作起来了，"沙沙"的振翅声一个不落地来到我枕旁，令人心中顿生爱怜之意。在鸟儿们的悦耳呼唤里，我揉着惺忪睡眼，同时，从床上爬起。一旦落雪，那些秋时常见的野鸡和鸟类，便不再显露它们的踪迹；四周岑寂清幽，只有那远方湿地中嬉游的水鸭，传递出声声清脆动人的鸣叫。

如若必要提及这近邻的其他生灵，那首先要说的便是在深夜不请自来的鼠类了。此地的鼠类体型略小于一般的家鼠，它们从不畏人，也不明晰到底是鼩鼱[1]，抑或是鼹鼠。它们自邈远雪原迢迢而至，于我近旁窜进窜出，捡食掉于榻榻米上的食物残渣。裹在纸中的面包，被我塞在胳肢窝下，于是，它们便企图连纸一并拖走。我愤然动手敲击一下榻榻米，它们便悚然跳起，四散而逃。不过，刹那之间，它们便齐聚而出，抢夺面包而来。如此无惧于人之鼠类，我竟也不忍以鼠药驱之。这鼠类来时仅限晚间，清晨便不知已归往何处。

山林之中的动物偏爱于晚间行动。翌日晨间，起而观之，皑皑雪地之上总遗留下密集的足印。众多足印中，野兔足迹为之繁多，它们清晰可见，易于分辨。大抵曾居于乡村的人皆

---

[1] 鼩鼱：鼹鼠目，鼩鼱科，长得像老鼠，身体是黑褐色的，体长4～6厘米，昼伏夜出，喜欢吃昆虫。

知晓，兔类的足印异于别类的物种，其形颇有意思。两个稍大的足印横排于前方，两个略小的足印纵排于后方，粗看之下，好似英文字母"T"。竖排于后的两枚小足印是前足，横排于前的两枚大足印则是后足。兔类后足略大于其前足，奔跑之时，本该前足于前，然轻跳之时，后足便掠到了前足之前。野兔之足迹于洁白雪地曲折地向四面延展开去。此类足迹数量很多，随处可见，时而竟能观之于屋外水井近旁，因它们偶尔会光临井边来采食蔬菜水果。

狐狸是继野兔之后的第二批客人。它们穴居于屋后的近山之中，等夜幕降临，便来"拜访"此地。狐狸和狗的足迹截然不同。排成两列的脚印属于狗，排成一列的脚印属于狐狸。当狐狸行走之时，往往将积雪踢开，使之积于身后，仿如那惯于穿高跟鞋行走的女性，步伐笔直，毫不弯曲。以我之原意，四只脚之动物，如此走法应十分困难才是，然而狐狸确是熟谙此道，毫不在意。多么时髦而风雅的狐狸！夕阳之下，它们身覆金黄，款款而来之时，浑身毛发皆闪烁着熔金般的光彩，那随微风轻柔摇摆的尾巴以及那几乎和雪地融为一体的白腹，亦真亦幻，十足让人着迷。之前我亦有看到过，狐狸嘴里叼着似鸟之物，在屋前原野间来回穿梭。但凡它们出现，周遭鸦群便立即躁动起来，发出纷繁的鸣叫声，这相当于一个提醒，让我即刻便能明晓原因。除此之外，狐齿可是颗颗坚韧呢。不久前，曾有人对我说起过，去年秋时，他家的羊初死于羊圈，然后于深夜被狐狸叼走。

除去兔子和狐狸，黄鼠狼、老鼠和猫的足迹也是各有不同，光怪陆离。老鼠足迹好似那邮票边缘的小孔，小巧齐整，斑斑驳驳，一个接着一个地出现，直到屋檐下都能看见。老鼠的足迹依旧分为两列，它们并不会在前行时将积雪踢向身后。其他是两列足迹的动物还包括黄鼠狼。

当然，所有足迹之中最值得玩味儿的莫过

于人之足迹了。无论所穿何种鞋，胶鞋也好，草鞋也罢，但因行走之姿皆不尽相同，因而凭足迹便也能大致推辨出主人是谁。通过脚印，比方说步伐大小，步履是蹒跚还是沉稳，身体是向前倾还是向后仰，等等，我便能推断出结果。我的鞋码是12文[1]，在这边已是最大的鞋码了。所以，我的脚印十分易于辨识。另外，胶鞋底纹往往也是推理出主人归属的极其重要的线索。行于雪地之时，行走之姿各异，有好处也有坏处。然而，有的人步幅较小，行走的时候便较为省力。如若劈开腿横着走，自然是最费力的了。至于那些行走之时爱把鞋后跟掘弯的人，走路对于他们来说，依旧算不上轻易之举。这是由于惯于曲体之人，内心也大抵如是。我也曾看到过一串大脚印，初见乃误以为是熊之足迹，遂颇为吃惊，随后才得知它的主人是穿雪轮[2]之人。此外，还有种草鞋也能达到此种效果，它被称为"爪笼"。雪地松软深

---

[1] 文：日本的尺码单位，1文约为2.4厘米。
[2] 雪轮：穿于鞋下的雪具，可以防止陷入深厚的积雪中。

厚，立于其上，双足便深陷入其中，之前有人告诉我，如若想于雪地中立而不动，摆出游泳的姿势便是再好不过了。无奈我终究不能做到，费尽心思也不甚明了，如何泳于雪中。

我醉心于在雪中兀自独行。踱着步观赏着那被阳光四下笼罩的雪花，散发出璀璨夺目的光彩，绮丽非凡。由于双足容易陷入厚积的雪地里，行走便异常费力，于是，我时而停坐于雪里，自在休憩。此时，放眼遥望那无垠的空旷雪地，时常会觉察出雪花正散发着华丽光芒，五色的，或是七色的。光线自雪花背后照耀而来之时，数不清的结晶体闪烁着五光十色的华彩，折射出光谱般的光线，映射出斑斓的七彩光芒，着实绚丽非凡，光彩夺目。厚重的雪花将辽阔的旷野深埋于底部，它们好似沙洲间那尘沙的细纹。这丝丝细纹乍看之下，难辨真伪，但随着明暗转换，呈现的色泽也有了变化。昏暗之处，多呈蓝光；明亮之处，多呈橙光。原来我私以为雪花唯有皓白纯净之色，然而，竟也有如此纷繁之色彩，真乃让人大为惊诧！

　　大雪纷落于半夜，便是最美的景致。哪怕是飘飞于深夜，雪花依旧清透明亮，因此，恍惚间便总能望见点别的事物。雪落于夜便似轻烟薄雾，一片白芒混沌，与白昼是截然不同的光景。目光一旦被深远处辽阔的雪景锁定，其中美景便似传说中仙气萦绕的神圣之境，绝美静谧。然此种夜晚仙景却并不适合夜间行走，那将危机四伏。横亘于面前的那片明亮之境，无论凝视何方，大地皆是同一番场景，让人轻易便迷失方向，不分东西。我也曾迷失于小屋四周的荒寂雪地。路虽常行，甚至日日熟悉，但依旧偶尔在行走的过程中，渐渐察觉行进方向早已错误，等到已抵达了某处奇异之地，自己却还在后知后觉。当最终确定自己迷失或走错之时，只得掉头原路折回，细细辨别小屋的方位，待终于抵家时，已是疲惫不堪，狼狈至极。

　　在温和宁静之日都是这样的话，急风骤雪

之下则更畏惧随意出门了。抑或是在白昼，一旦风势强劲起来，便也能卷携来一场大雪，目光受阻，纵是那前方两三间[1]，看起来也是模糊不清。周遭似一艘被天然气围困着的大船，陷于其中，丝毫不能抽身迈步，此时如若要是狂风肆虐、削刮四野，那便是连呼吸都变得困难重重了。哪怕只是去往二三百米外的地方，却依然会潜藏着不可预测的困境。在狂暴风雪劫掠周遭之夜，我便安闲地躲于小屋，让地炉跳跃起火焰来，静静听闻风声呼啸而过。狂风怒吼，似瀚海波涛在咆哮，嘶吼着飞掠过屋顶，摧枯拉朽地奔向前方的荒野。我总能听闻风自后山邈远之处奔波而来的声响，可每当风声逐步靠近小屋之时，我内心却依旧充斥着无声的惊悸。所幸小屋之后有一座小山，暴虐之风也尚无法迎头撞过来，如此说来，小山的存在，让我心生感激之情。倘若此山不曾存在于此地，或许这寒冬凶猛的西风便能裹挟着我，不

---

[1] 间：日本的长度单位，1间约为6尺。

知吹往何处了。

　　如若雪之厚积于屋顶,则其重量必随之增加。倘若听之任之,不管不顾,则到近春之时,天落清雨,小屋便会因不堪重负而垮掉。因此,每到这个时期,我便会爬上屋顶去铲雪,通常是在圣诞节之后。每当上到屋顶时,我便用平铲将积雪铲除干净,而后,屋外窗前便能轻易地冒出个小小的雪丘来。

十二月十五日

　　大伙儿今日都应邀去村长家吃荞面。大概是村中妇协的例行活动,一早便有五六位妇人各自带着食材去了村长家,在那里准备餐食,不间断地从厨房端出荞面,摆到餐桌上,俨然是一派"小碗荞面"[1]的景象。这荞面的原料,或许是村长自家新收的荞麦吧,不仅香气四溢,而且饱含人情,甚是美味。在东京,决然吃不上这样的面食,单说这面里的葱花,就完全不一样。没有哪味食材是不新鲜的,看上去对身体定是大有裨益。高田博厚先生而今虽身居巴黎,但他对荞面却情有独钟。从前那会儿,我们时常一道品尝。无论是吃荞面还是吃葡萄,他都像是在用喉咙进食,一直在"哧溜"。

---

[1] 小碗荞面:用小碗盛出荞面,不停地填满客人的碗。

今日所食的荞面很正宗，面条细细长长。尽管不能像在东京那会儿似的，边吃边哧溜作响，不过，村民们为我添了好几碗，让我很是尽兴。面里的猪肉，被我一扫而光，看来今日的营养已足够了。县里来的土木部长和河川课长同样吃得不少，只是他们不得不当日返回盛冈，不一会儿，便和我们辞别了。

　　妇人们围桌而坐，津津有味地吃着。饭毕，她们开始侃侃而谈，我也被拉了进去。话题颇为丰富，譬如，日本重建需着手于生理，还有各种食物相关之事。我们谈论了牛奶和乳制品，谈到肝、脑、牛尾等的烹饪方法；还说起儿童的健康、睡眠和学校餐食之类的事。我从她们的言谈中，体味到真实的农家生活，而她们则将"道德与真善美"的话题抛给了我。世人眼中的是非善恶，通常都很肤浅，我在这个层面上略述了刍荛之见，还特意指出，伪善之人，朽木难雕。言之所及，越来越深刻，

十二月十五日

转眼已是黄昏五时，日渐西落。今日闲谈暂告一段落，约好来日再聚，以畅聊文学与美学之事。在座的妇人们个个身康体健，性格大方，言谈举止皆暖人心脾，我很乐意和她们交流。村诊所的所长夫人也应邀前来，她将池坊[1]的插花法传授给了女孩们。所长夫人拥有很高的音乐造诣，弹得一手好钢琴。尽管人们认为，太田村这地方缺少文化，不过，在我看来，这反倒意味着，它的文化发展，大有前途。在村民们身上，丝毫看不到朝三暮四的浮躁习性，他们秉持着人之本性，那种最原始的质朴之心。所以，我很看好这里未来的发展。我坚定地认为，这种地方可以孕育出真正意义上的深厚的正统文化，而不是伪文化。

总体上来讲，此地之人诚实率真，从不会口是心非。若是去到别处，他们的言行举止也尽透着不明就里，朴实自然。无论在什么时候、什么场合碰到他们，他们皆是初识时的那副模

---

[1] 池坊：日本花道的代表性流派，被公认为日本花道之本源。

样。他们乐于与人分享快乐，与大自然和谐相处，他们才是真正懂得生活的人。无论是欲念重重，抑或是无欲无求，他们都会直言相告，绝不会闪烁其词。和外界相同的是，这里的生活也日日悲喜交加，不同的是，一切纠葛都源自真情，而绝非胡搅蛮缠。此地之人和关东人极为不同。在来到这里之前，我并不知道这儿的人是如此诚挚，而且绝不会强不知以为知，许是我积下了几多缘分，才得以落脚于如此清净之地，这可谓是这辈子的幸事了。从前居于东京画室，也并未有过这般欢喜之意。想来或许是因为我其实早就心生惦念，期望能有一日静居于青山绿水之间。或许是出于同样的原因，那个时候，我一直想去北海道以北，那个被人誉为"五十度文明"的地方。如此说来，在潜意识中，人依然会奔赴梦想的彼岸。尽管前路漫漫，步履蹒跚，然而，一旦到达，唯觉时光荏苒，好似突如其来一般。

十二月十五日

我在众人送别的目光中离开了村长家，此时天色已晚。我备有手电，因而倒也不用担忧。今日时晴时阴，西风呼啸，携来阵阵寒意。今年首次穿上了冬衣，果真还是极有帮助的。去年时候，我从土泽的及川全三先生那里得到了些许布料，然后，在今年春季里，拜托盛冈的深泽老先生做了这件冬衣。衣服十分合身，不但保暖，而且甚是舒服。说起深泽老先生的缝纫技术，大概无人可出其右了吧。纵然如是，他对每一针每一线都极为上心，因而成品极少开线，穿在身上舒适得很。集大成者的真谛，是满而不是贫。头上是防空头巾，脚下是长筒靴，我越过四町坎坷之路，说它坎坷，其实是因为它被水覆没。归至小屋，生火，沐浴，泡上一壶川杨茶，写下此文。早先使用煤油灯，我习惯早睡早起。去年用上了电灯，自此之后，便总是笔耕不辍，直至深夜两三点。我每日的睡眠时间控制在七个钟头左右，此乃健康生活的首要法则。明日，好像又到了霜降之日。

过新年 [1]

不管怎么说，新年之前的那个夜晚，总令人亢奋至极，在我看来，欢愉的心情比元旦当日更甚。或许是因为旧的欢愉尚未平复，新的欢愉又接踵而至。无论是宵宫祭 [2]，还是圣诞狂欢夜，抑或是元旦前的除夕夜，都会带给人这般感受。

我一直认为，新年前那个晚上的欢愉具有非凡的意义，一年只此一度，他夜无法相及。记忆中有郁郁寡欢的心绪，有满屋子的异味水汽，有时候，大伙儿忙前忙后，有时候，彼此间嘘寒问暖，欢乐犹在，时光荏苒，真是一言难尽啊。我尚年幼之时，街巷店铺的租金大概

---

[1] 新年：元旦。在日本，明治维新之后，将新年定为元旦。
[2] 宵宫祭：七月中下旬，在京都伏见稻荷大社举行的祭典仪式，在宵宫祭的后一天是本宫祭。

还是半年一结呢。每逢年末之日，从清晨到日暮，都有很多人在我家里进进出出。那些店铺的二掌柜们，一个接一个地提着灯笼，揣着账本，从后门进屋，又从后门出去。在厨房里，灶台早已装饰一新。荒神的神像被供奉在橱柜里，橱柜位于高柱之上，此时，新松枝和崭新的缯帛都已经摆放好了。松枝上被我们画上了一道道利落的白色线条。莫名的，这画松枝的往事，一直深藏在我的记忆当中。

总的来说，父母这一代人会认为荒神会显灵，因而，全都对他敬畏有加，甚至还掺杂着惶恐不安。若是打开橱柜，便能见到很多斗大的盘子，全都盛满了炖菜和红豆馅。听大人们讲，这些都是特意为过年备下的，我们这些小孩是不可以乱拿的。在我的记忆中，二掌柜们接踵而来之时，还有个农民会推着车从二合半村来到我家，年年如此。他将一捆一捆的萝卜卸下来，搁在地板上，说是为了感谢我们这一年免费给他提供了肥料。一年当中，唯有这新年前的晚上，大人们才会同意我们玩一整夜。在平日里，我们很早就得上床，但那晚却可以不睡觉，跟大人们一样，所以，我们都亢奋极了。元旦当日不可以做清扫之类的事，因此，在前一晚，我必须得把玄关、走廊和院子等各处，清扫干净，还得将大红灯笼挂到大门口。不一会儿，"砂场"荞面馆（难以想象，很多荞面馆的名字不是"薮"，就是"砂场"）便会送来荞面，是放在多层饭盒里的。于是，爷爷、父亲母亲、弟弟妹妹，大伙儿就凑到一起吃起了荞面。在我看来，一切都那么安乐祥和，实在是幸福至极。正如爷爷所说的那样："一家人能凑到一块儿吃口年夜面，着实是件开心的事。"再过一小会儿，四周便会响起一百〇八下钟声。在下谷仲御徒士镇居住那会儿，我听到的钟声是从浅草寺传来的，在谷中镇居住的时候，听到的钟声则来自于上野宽永寺。爷爷已安然入睡，弟弟妹妹们也都进入了梦乡。我和父母静坐于茶室之中，守着那个长方形的火盆，时间已来到凌晨两点。一切都渐渐沉静下来，窗户被风儿吹出了动静，听上去分外清晰。在煤油灯的照耀下，母亲取出了折好的账本，父亲开始用算盘核对起这年的账。他时常一边饮下福茶，一边将账目核算的结果拿给我看，嘴里嘟囔着"只剩下那么少了啊"。无论是五百日元，还是八百日元，身为小孩的我依然认为那是很多很多的钱，因而，每到这种时候，我都会觉得父亲是个靠得住的人。我们全年的支出，大概是两千日元。大人们告诉我，第二天晚些起来也无妨。我躺在床上，一点儿都睡不着，满脑子都是"明天一定要第一个到校"之类的事。在东京，过年的时候并不常下雪，就算已是十二月底，天气依然如十月阳春。

　　如今，过年之时，又是哪般景象呢？是雪花纷飞的模样吧。那个十二三岁的孩童，眼下已年过六十有四，被人唤作"老先生"了。东京的住处在大火中，化为灰烬，疏散到花卷后的住处也难逃被烧毁的命运，于是，我只能在这山中长居，无所事事。我搬来岩手县稗贯郡太田村，住在山口的一间陋室之中，周围三百米之内，人迹罕至。我在这里，迎来了新的一年。去年11月17日，我带着被褥住进了这间山林陋室，从那一夜起，我开始了一个人的生活。我曾在日记里写道，去年霜降是在十月底（今年到这时候还没开始）。11月28日那天，下起了太阳雪，那也是去年的第一场雪。29日那天，屋里的水结了冰，好像是去年第一次结冰。从12月2日开始，小雪纷纷，三日未停，第四日，积雪已深，把萝卜都冻住了。这样的天气又持续了三日，雨雪交加，差点儿连天空都不得见了。到了29日那天，雪还在下着，村民们出门的时候，得借助滑雪板了。

年末最后一天，在一位年轻村民的帮助下，我那陋室屋顶的积雪终于被除去了。然后，一群年轻的村民用茅草帮我的小屋搭起了防雪栅栏。大概是为了抵御歇斯底里的西风，小屋的西边被防雪栅栏围得严严实实,看上去仿若一堵城墙,颇有气势。在村里,人们习惯使用农历计日,因此,年末这最后一日,好像什么活动都没有。脚炉架子是我自己用树枝制作的,然后搭上了被褥,我的围炉生活就此开启。不过,直到黎明破晓前,我一直在回想着记忆中第一次过年时的景象,心中五味杂陈。我想念爷爷,想念父亲母亲,想念智惠子;我回想着日本的巨变,反省着自己曾经犯下的错误。不知不觉中,新年的第一束日光,照亮了万里碧空。

难融之雪

　　一时之间，山间积雪尚化不完，大抵还需半月时间。雪层底部皆是冰碴（或乃浮冰），最上层是绵软的新雪。我打算清扫掉表面的雪，好让坚实的冰面得见天日，从而辟出一条直达小屋的路径，然而，每每清扫完毕，便又会被大雪覆盖。在这个地方，每隔两三天便会下一天的雪，譬如今日，便是雪花纷飞。和十二月的雪相比，此时的雪似乎下得要略大一些。雪花如絮亦如羽，款款而来，盈盈飘飞，不愧为冬日盛景。这漫天大雪，人若凝视太久，便会觉得头晕目眩。然而，不管怎么样，我都对此乐此不疲，仿若置身于缥缈宇宙之中。头戴防空头巾，手拿雪铲，在苍茫天地间铲雪，真是极乐之事。雪花漫舞，覆于树梢，落于头巾,和那鹅毛大雪相比,这样的雪更能让人领悟,何为真正的雪。忍冬花茎尚未冒头,树上新芽也未萌发,尽管如此,似已听见春的步伐。

时节之严苛

独居植被丰茂之地，是极易被它们顽强的生命力所折服的。在岩手县，山间积雪要待到五月才会彻底消融。最先冒出来的是忍冬花的茎，不等雪化，它们便露出了娇小的身影。同一时期，赤杨木的枯枝上也开出了花，纷纷低垂。过不了多久，千叶萱草也会露出尖尖角，萌出新芽。草木长势最迅猛的时期是五月中旬至下旬。隔上两三天出门一看，外面的景致已焕然一新。山樱树、映山红，还有那山梨和竹梨，都已纷纷开花，柳条鲜嫩碧绿，紫藤枝繁叶茂。乔木树梢，小花不甚醒目，却已成片绽放。说实在的，大自然总是在以迅雷不及掩耳之势改变着。待到六月，夏日时节便已迫不及待地赶来了。

不得不说说那青青芒草，生长的队伍整齐

划一，仿若早有安排似的。然后猛然间一发力，便长得人头一般高了。

七月的土用时节，是植被生长最繁盛的日子。植物们都伺机而动，在春夏交接的土用时节里，憋着气猛长。每当这个时候，山间绿植尽显倔强，以烈火之势将人和动物的风头都抢了去。

到了八月旧盆节那会儿，这绿意盎然的景象便会陡然改变。早先那风驰电掣般的生长之势，忽然颓唐下来。南瓜一类的人工培育植物，在土用时还较劲得很，此时却是一副萎靡不振的模样，只能静候瓜果成熟。不知何故，山间顿然静谧。在不同的时节里，植物们遵循着不同的生长规律，这些规格可谓严苛至极，令人生畏。它们一直在为自己争取着，每天，每时，每刻。居于山林，亲身体验了这四季变幻，才终于懂得了这一年三百六十五日的真谛。